QUANDO O CORPO CONSENTE

QUANDO O CORPO CONSENTE

Marie Bertherat
Thérèse Bertherat
Paule Brung

Tradução
ESTELA DOS SANTOS ABREU

martins fontes

Esta obra foi publicada originalmente em francês com o título
A CORPS CONSENTANT, por Éditions du Seuil, Paris, em 1996
Copyright © Éditions du Seuil, fevereiro de 1996
Copyright © 1997, 2013 Livraria Martins Fontes Editora Ltda.,
São Paulo, para a presente edição.

Publisher	Evandro Mendonça Martins Fontes
Coordenação editorial	Vanessa Faleck
Produção editorial	Carolina Cordeiro Lopes
Preparação	Alessandra Maria Rodrigues da Silva
Revisão	Maria Cecília Madarás
	Silvia Carvalho de Almeida
	Ubiratan Bueno
	Pamela Guimarães
Consultoria técnica	Dr. Edson J. Amâncio – neurocirurgião
	Dr. Luiz Fernando Rangel Tura – especialista em Saúde Pública
	Dra Maria Albina Castellani – ginecologista e obstetra

Dados Internacionais de Catalogação na Publicação (CIP)
(Câmara Brasileira do Livro, SP, Brasil)

Bertherat, Marie

Quando o corpo consente / Marie Bertherat, Thérèse Bertherat, Paule Brung ; tradução Estela dos Santos Abreu. – 2. ed. – São Paulo : Martins Fontes – selo Martins, 2013.

Título original: A corps consentant.

ISBN 978-85-8063-106-7

1. Bebês 2. Bebês – Desenvolvimento 3. Cuidados pré-natais 4. Gravidez 5. Mãe e bebê I. Bertherat, Marie II. Bertherat, Thérèse. III. Brung, Paule. IV. Título.

13-03431 CDD-618.24

Índices para catálogo sistemático:
1. Cuidados pré-natais : Obstetrícia   618.24
2. Gravidez : Preparação para o nascimento : Obstetrícia   618.24
3. Preparação para o parto : Obstetrícia   618.24

Todos os direitos desta edição reservados à
Martins Editora Livraria Ltda.
Av. Dr. Arnaldo, 2076
01255-000 São Paulo SP Brasil
Tel.: (11) 3116 0000
info@emartinsfontes.com.br
www.emartinsfontes.com.br

Sumário

Introdução 7

Primeiro mês 13
Segundo mês 15
Terceiro mês 27
Quarto mês 41
Quinto mês 49
Sexto mês 57
Sétimo mês 93
Oitavo mês 105
Nono mês 115
Três meses depois... 129
Movimentos 133

Referências bibliográficas 157

Introdução

Este é o diário de minha filha Marie. Com palavras simples, cheias de bom senso e sinceridade, ela conta o que experimentou em seu corpo e percebeu na própria carne. Durante nove meses. Para lhe transmitir isso, ela prosseguiu sua pesquisa com inteligência e rigor. Sempre de forma generosa e com a doçura obstinada que é o seu jeito de ser.

Mas que não haja equívoco. Esses nove meses de incerteza, de alegria, de ansiedade, de triunfo que a tornaram mãe não devem ser vistos como convite à caminhada fácil; nem estímulo para o comportamento condescendente e a atitude submissa. Com a força de sua experiência e de sua busca, Marie lhe diz: "Não se deixe tapear". Dar à luz é uma aventura pessoal. Diante das normas consensuais da medicina, não renuncie à sua autonomia; se sua gravidez não apresenta sinais de patologia, não se deixe impressionar com o aparato do "progresso", sempre pronto a interferir. Telas de ultrassonografia, uniformes brancos, luvas de látex, perfusões, seringas...

Eu assisti a alguns partos. Difícil de esquecer. A emoção, a intensidade do momento. O suor, o sangue. Além de uma coisa a mais. Na sala toda branca, sob a luz fosforescente, ocorre algo que vem da noite dos tempos. Por entre os aparelhos niquelados, laqueados, cromados, há uma espécie de magia. E isso costuma acontecer sempre no mesmo momento: no momento em que as contrações são mais fortes, um pouco antes de aparecer a cabeça da criança e seu rosto coberto de secreções, como o de uma minúscula estátua velada. É aí que surge a magia. Chamo isso de magia, por não achar outra palavra melhor. Uma energia que não tem forma nem cor perpassa a sala. Vinda de onde? De dentro da mulher que lá está dando à luz? Energia que, por um breve instante, é palpável. Um instante muito rápido. Algo de selvagem, grandioso, violento como a vida e a morte.

Mesmo quem tem o couro duro não fica insensível. Na opinião das parteiras mais calejadas que conheço, a rotina não consegue apagar de todo essa impressão de estranheza. Não é surpreendente que se procure amordaçar e cercear essa força que brota de um corpo de mulher; tal força é quase intolerável para quem não estiver ali intimamente envolvido. Subjugar uma mulher grávida não é difícil. Sim, eis o paradoxo. Nesses momentos, ao lado de tanta força virtual, há muitos temores secretos. Muitas dúvidas e perguntas que ficaram sem resposta. As mudanças que se percebem no corpo e as outras, mais profundas, que o olho não vê. O embrião, oculto ao olhar, está tão presente quanto ausente. O hábito de confiar em nossos olhos, e apenas neles, nos deixa desconcertadas, preocupadas com aquilo que é chamado o Mistério da Vida e que se passa dentro, na escuridão de nosso corpo.

Torna-se então muito fácil sujeitar-se, entregar-se às autoridades. É muito fácil confiar todos os poderes a quem supostamente sabe, mais do que nós, o que está acontecendo conosco. Um médico, um especialista, um aparelho de ultrassonografia, um exame de sangue, um exame de urina, qualquer coisa nos inspira mais confiança do que nós mesmas.

Enquanto isso, deixamos escapar o essencial... Não podendo nos fiar em nossos sentidos, privadas de nossos sentidos, passivas e submissas, optamos por deitar, desistir, deixar-nos adormecer e anestesiar.

E, no entanto, a natureza fez tanta coisa para transmitir a vida! Não mede esforços para produzir milhões de espermatozoides cheios de audácia para se propulsarem e uma incansável sequência de óvulos. Com prodigiosa força de atração, ela lança machos e fêmeas uns ao encontro dos outros. Prepara o corpo da mulher do modo mais engenhoso, a fim de facilitar o contato. Sua solicitude chega até a mergulhar o embrião num líquido salgado, muito parecido com as águas do oceano primitivo. Como para propiciar a vida, cujo despontar se deu nesse elemento. Depois disso e de tantas outras façanhas destinadas a preservar nossa reprodução, como imaginar que, na última etapa, ela vá sabotar todo esse seu projeto? Como imaginar que o corpo dos mamíferos humanos não seja capaz de dar passagem ao fruto admiravelmente cultivado durante meses? Como imaginar que a natureza tenha justamente esquecido de prever a saída?

"Todos nós somos belos e benfeitos" é o que reitero em meus livros. E o corpo da mulher é adequado para dar passagem ao feto que ele formou e carregou. Paule, uma parteira muito entendida no assunto, com quarenta anos de ofício, explicou a Marie como é feito o seu corpo e como preparar-se. Como deixar a criança passar pela via estreita. Facilitar a passagem, dar à luz com um corpo que consente, eis o segredo de Paule.

Também a você, ela vai contar seu segredo. Escute essa mulher muito especial, profissional até a ponta dos longos dedos, que nem por isso deixa de ser calorosa e que fala com a ousadia de tantos anos de sucesso.

Se acaso você estiver preocupada e sentir necessidade – posso imaginar – de uma palavra encorajadora, de uma explicação prática, deixe-se levar por Marie e Paule. Elas sabem do que estão falando. Vão ajudá-la a descobrir as potencialidades que há em você. Ajudá-la a ser você mesma, a compreender como facilitar o parto. Permitir o nascimento é o oposto da submissão cega.

Também eu vou lhe falar do trabalho que você pode efetuar em seu corpo e seus sentidos.

"Foi minha boca que me ajudou de fato a ter um parto feliz. E também todo o trabalho com o corpo, que você me havia ensinado." O menino que acabava de nascer quando ouvi essas palavras pela primeira vez deve ter hoje vinte e cinco anos. Sua mãe, uma linda jovem de pele muito clara, fez questão de dar-lhe o nome de "Eugênio", isto é, o bem-nascido. Fiquei emocionada, um pouco surpresa, mas ainda não compreendia.

Desde então, ouvi essas palavras várias vezes. E todas as jovens mulheres que haviam sido minhas alunas acabaram me ensinando por que, sem jamais ter pensado em prepará-las para o parto, eu as ajudara a dar à luz de modo natural. Meu trabalho era de fato uma preparação para o nascimento, mas não apenas para aquele em questão. Essas mulheres nasceram para si mesmas na hora em que lhes nascia o filho.

"Ser é nunca parar de nascer", disse-me certa vez uma delas. Para muita gente, ser é apenas uma fachada. Por trás da fachada, existem as sensações e emoções enterradas dentro do corpo, do qual as pessoas nada sabem; e a organização dos músculos, dos quais sabem muito pouco. Para a mulher grávida, a fachada, moldada de dentro, muda e se transforma. Como ignorar o interior que se impõe a cada momento? É impossível adiar para outro momento. O momento é já.

Não é fácil sentir no próprio corpo a presença de um corpo estranho. Desejado, amado, sonhado mas, apesar de tudo, estranho. Para coabitar com outro ser num mesmo corpo, é preciso tomar consciência da profundidade que existe atrás da fachada. Para sentir mais estabilidade e ficar menos vulnerável, é preciso que você concentre todo o seu ser. Para tornar-se disponível à vida desse outro ente pequenino, você precisa estar disponível a suas próprias sensações. Quando engravida, a mulher tem mais do que nunca o sexto sentido que lhe dá acesso ao próprio corpo. Ela pressente que precisa se concentrar para, depois, se separar.

Não é indispensável estar grávida para ter a sensação de conter em si dois estranhos. A cabeça ignora o corpo, e a cabeça contém dois cérebros, dois hemisférios, que muitas vezes se contradizem. A musculatura do corpo é feita de duas partes conflitantes. Os próprios sentidos estão subjugados por um deles, a visão, que bloqueia a passagem de todos os outros.

O milagre é que as mulheres são capazes de reunir corpo e espírito, o físico e o psíquico, a força e a fraqueza. Durante nove meses, a natureza lhes oferece este presente: apagar a dualidade de seu ser e tomar consciência de sua unidade.

Thérèse Bertherat

Primeiro Mês

- **1º de novembro**

Esta manhã o céu está todo azul, um azul de inverno, muito luminoso, quase ofuscante. Estendida na cama, pouso as mãos em minha barriga, traço leves círculos em torno do umbigo enquanto olho o teto. Estou grávida. Frase banal, mas de tanto impacto que torno a me levantar para conferir a fita do teste de gravidez. Leio a bula de novo: "Se aparecer uma linha azul no quadrado da tira absorvente, você está grávida". Então, estou grávida. Eu já conhecia "você está grávida", "ela está grávida". Nunca eu havia pronunciado ou escrito "estou grávida". Grávida: mais do que em "estado de gravidez", sinto-me em estado de secreta defesa*. Investida, como se houvesse recebido uma missão. Mas, investida do quê, não sei. Nem consigo imaginar. Olho o sol que faz desenhos no teto. A palavra "mãe" soa para mim estranhamente abstrata. "Filha" me é bem mais próxima. Seja como for, não consigo pensar. Só quero continuar deitada com esta revelação no meu ventre e saborear sua presença. Olhos fechados, olhos abertos. De costas, de bruços. Pés encostados na parede, a cabeça mais baixa, estou eufórica. Penso na audácia deste bebê, na incrível temeridade dos bebês que decidem crescer num ventre de mulher. Françoise Dolto dizia que os bebês

....

* No original, há um jogo de palavras com o vocábulo *enceinte*, cujo primeiro sentido, segundo o dicionário Petit Robert, é "recinto": "o que delimita um espaço, como se fosse uma cerca, e impede o acesso a esse espaço". Além disso, por homofonia, a autora faz aproximações com *sainte* (santa) e *sein* (seio). (N. T.)

escolhem seus pais. Gosto de ser a mãe escolhida por meu bebê, a mulher eleita.

- **27 de novembro**

Quanto mais os dias passam, mais sinto meu bebê decidido. Tenho a impressão de que o pequeno ser que habita em mim tem uma vontade de ferro. Fico pensando no dia de sua concepção, na incrível batalha que um espermatozoide e um óvulo travaram para se implantar no meu útero. Que determinação! Ao mesmo tempo, não consigo deixar de ter dúvidas. Não a respeito dele, mas de mim. De minha capacidade de ser mãe, não em geral, mas particularmente agora. A ansiedade me aperta o coração. E me vira o estômago... Náusea de mulher grávida, náusea de mãe ansiosa.

Há horas em que me digo que não vou conseguir nunca, que ainda não estou preparada. Hoje readquiri confiança. Disse a mim mesma que, se ele está aqui na minha barriga, é porque acha que eu sou capaz, e isso me dá coragem. A ansiedade continua presente, atocaiada num canto, mas eu a mantenho a distância enquanto olho as nuvens que correm pelo céu.

Segundo Mês

- **28 de novembro**

Esta presença invisível me inebria. No entanto, sua realidade ainda me escapa. O pequeno ser que ocupa meu corpo e minha mente nem chega a constituir uma imagem. Fecho os olhos e não vejo nada. Nem o nenê bochechudo que ele ainda não é, nem o preocupante embrião que deve ser. Esse bebê não passa de uma euforizante obsessão. Eu poderia consultar um manual, calcular sua altura e seu peso, conhecer-lhe a forma, mas não estou com vontade.

- **1º de dezembro**

A medicina moderna não gosta do imaginário das mães. Ela prefere oferecer-lhes imagens "reais". Esta manhã acabou-se a imaterialidade de minha obsessão: tenho hora marcada para a primeira ultrassonografia. O consultório é imenso, sento-me em uma das salas de espera.

"Senhora Bertherat!"

A voz é neutra, profissional, mas, apesar de minhas tentativas, não sei de onde ela vem. Dirijo-me mesmo assim para uma porta entreaberta, de onde parece vir o som. "Doutora M." indica a placa no alto da porta. Entro. A sala está às escuras. Um grande aparelho munido de tela oferece um halo luminoso. Levo alguns segundos para perceber uma pequena senhora, cinzenta como um ratinho, sentada à mesa. Está absorta na sua papelada. Não me enganei de porta.

"Tire as meias e deite-se aí!", diz ela mostrando-me com um gesto do queixo a mesa de exames.

A Dra. M. levanta-se – em pé, parece mesmo um ratinho. Em geral, gosto muito deles, por causa do focinho pontudo. Com um rápido movimento circular, ela besunta minha barriga com um creme frio, pega uma espécie de caneta de ponta achatada e passa-a pela minha pele. A tela defronte fica cheia de pontos luminosos. É absolutamente impossível decodificar a imagem, que lembra depressões anticiclônicas: por mais que eu arregale os olhos, não vejo nada que se pareça com um bebê ou com um pedaço de bebê. A ratinha observa a tela, mas não diz nada. Seu silêncio é uma tortura. Por que ela não fala? O que há de errado?

Para completar o suspense, ela liga o som: bam, bam, bam. A cavalgada desenfreada ressoa por toda a sala.

"Esses batimentos, é o coração dele."

Ufa! a ratinha falou, é bom sinal. Aliviada, pergunto como uma tola:

"Tão pequeno e já tem coração?"

A ratinha não se digna a responder.

O coração deve ser o que aparece em primeiro lugar. Sem coração não há vida. Logo, se há coração, há vida. Bem, meu bebê tem coração, é uma coisa que me tranquiliza, mas esse coração deve ter um corpo, não é?

"Por favor, mostre-me o bebê na tela."

– Bebê, não; embrião", corrige ela secamente e, ao mesmo tempo, me comunica que há "um descolamento das membranas com hematoma no polo inferior do ovo". Um o quê? Um machucado? Será que eu esbarrei nele sem querer? Que mãe desastrada. "O que devo fazer?", pergunto procurando controlar o tremor de minha voz.

"Não se pode fazer nada. É só esperar."

Mas esperar o quê? Minha língua está tão seca que grudou no céu da boca.

"Pode se vestir."

A ratinha volta a sentar-se à sua mesa e me pergunta a data de minha última menstruação. Arrisco 30 de setembro. Não sou dada a me lembrar desse tipo de data. Em compensação, tenho quase certeza do dia em que fizemos esse bebê. Foi em 11 de outubro! Tenho certeza, porque... tenho.

"Hum! – diz a ratinha. – Isso não combina com o tamanho do embrião." No relatório da ultrassonografia, a Dra. M. registra: "Gravidez intrauterina cujo desenvolvimento não corresponde à data suposta. Avaliação necessária daqui a dezoito dias". Meu bebê, ou melhor, meu embrião não é normal. Está muito pequeno. Por que não está crescendo direito? O que eu fiz de errado? A ratinha não tem piedade. Compreendo que ela não quer me tranquilizar. Só me resta voltar para casa e disfarçar os olhos cheios de lágrimas. Eu já gosto tanto deste meu embrião.

O que é a ultrassonografia?

A ultrassonografia é um exame baseado no princípio dos ultrassons. Muito agudos, esses sons não são percebidos pelo ouvido humano, mas por certos animais como os cães, os morcegos ou os golfinhos. Estes usam os ultrassons para se situar dentro da água. Emitem vibrações sonoras que, ao encontrar um obstáculo, nele se refletem e retornam, sinalizando assim aos golfinhos a presença de um banco de peixes ou de um rochedo. A ultrassonografia obstétrica utiliza o mesmo princípio. Passa-se sobre a barriga da mãe um emissor-receptor de ultrassons, chamado sonda. Esta envia ultrassons em direção ao útero e dele recebe um eco. Os ultrassons recebidos são imediatamente traduzidos em imagens na tela e mostram, desse modo, o que se passa no útero.

THÉRÈSE Ela me dizia "sopra", e eu soprava quando ela se machucava. Como eu gostaria de poder soprar e aconchegá-la no colo, como antigamente. Vejo seus olhos que de repente se tornaram tão fundos, a boca que mais parece uma estreita linha arroxeada. Eu gostaria de soprar minha ternura, gostaria de soprar e transmitir, do meu para o corpo dela, a segurança, a sabedoria, a humildade e a paciência de tantas gerações de mulheres antes dela e antes de mim. Gostaria de soprar esse conhecimento vindo do corpo, do coração.

"Os primeiros tempos do embrião de bebê não são nada fáceis. Quando se diz 'um ovo', pensa-se em algo inerte dentro de uma casca que quebra. Mas não é isso. Os ovos humanos são irrequietos, flexíveis e muito resistentes. O teu bebê acaba de viver umas semanas agitadas, em meio a restos de células e de serosidades sanguinolentas, batalhando, junto com sua placenta gêmea, para alimentar-se, para agarrar-se no interior de teu útero, cujas mucosas estão todas congestionadas. Ele bate e apanha. Não é de admirar que fique machucado. Um hematoma é coisa corriqueira, fica bom sozinho, como qualquer mancha roxa."

Ela aperta os lábios, quer sorrir, mas o queixo começa a tremer.

Antigamente, quando ela tinha um pesadelo, eu conseguia, na realidade calma de seu quarto e de nossas vozes na penumbra, desfazer os monstros. Agora, os monstros são muito mais terríveis, sob um aspecto tão banal que ninguém desconfia da carga de angústia que eles podem provocar. Um exame, um aparelho, um profissional. Mas o exame, que supostamente deve dar segurança, na realidade causa pânico; o aparelho, feito para mostrar, só deixa entrever sinais cabalísticos; o técnico, grudado no aparelho, tem uma tela no lugar dos olhos, não tem ouvidos para escutar e só pensa numa coisa: fazer a triagem dos embriões, considerá-los dentro das categorias estatísticas, ou excluí-los, se forem grandes ou pequenos demais, em desacordo com a norma.

Tratei tanta gente, tantas mulheres desesperadas, há tantos anos. Nunca tratei minha filha. Nunca com as técnicas do meu ofício.

Entretanto, meu ofício – acabo de compreender agora – consiste apenas em ajudar as pessoas a desfazerem seus monstros, levando-as a tocar a realidade mais tranquilizadora: a do próprio corpo. Perceber diretamente as informações da musculatura confere à pessoa uma confiança em si tão profunda que nada mais poderá usurpá-la. Pela pele, pelos olhos, lábios, ouvidos e olfato, você está em contato permanente com o interior e o exterior; seus nervos são mensageiros através do labirinto do corpo, e – justamente porque são os seus – não há nada de mais confiável do que a rapidez e a precisão de bilhões de células para garantir sua segurança e bem-estar.

Gerar uma criança torna o corpo muito alerta – um universo fechado em si mesmo, mas que não perde a noção do mundo exterior. Em nenhum outro momento é tão necessário habitá-lo com conforto: maxilares relaxados, respiração fluida, coração sereno, músculos flexíveis da cabeça até a ponta dos pés.

"Vamos tentar 'trabalhar'?"

Ela não responde, só faz um gesto com a cabeça; deita-se de costas, e vejo seu queixo espetado para o alto, a nuca tensa como se estivesse lutando para manter a cabeça fora da água. Resolvo trabalhar os músculos dos maxilares.

Movimento[1]

Este movimento básico solta os músculos dos maxilares e da nuca. Tenta fazê-los quando te sentires preocupada ou pouco à vontade. Se quiseres, podes deitar no chão, que é melhor. Mas, sentada numa cadeira, ou em pé, também dá certo.

Já que os maxilares estão apertados, aperta-os mais ainda. Junta molar com molar, procura apertar tanto do lado direito quanto do esquerdo. Presta atenção no modo de respirar. Fica assim por uns segundos.

....
1. Todos os outros movimentos propostos estão reunidos no fim do livro.

Agora, abre a boca, apenas o suficiente para a língua chegar aos lábios. Deixa a língua alargar-se, que ela ocupe todo o espaço da boca entreaberta, até a comissura dos lábios, e que ela umedeça, sem precisar movimentar-se, o lábio inferior e o lábio superior. Sem apertar os lábios, e com a língua bem larga.

Permanece assim alguns segundos, tentando soltar a respiração pelas narinas, devagar. Só quando a língua ficar seca, deixa-a voltar à posição habitual na boca.

Refaz o movimento uma ou duas vezes. Observa como tua respiração se torna mais calma e profunda.

Por que a boca? Por causa de todas as palavras que ficaram presas em tua língua, entre os dentes.

Emitir palavras é o nosso modo de defesa como animal humano. Atacar se forem fortes, fugir se forem fracos sempre foi a forma de reagir dos seres vivos. Ou estacar, cerrar os dentes, bloquear a respiração, toldar o olhar. Não deixar nada passar para fora, nada que seja vivo. Os animais se fingem de mortos quando acuados. O homem também. Nem um grito, nem um olhar, nem uma respiração. Nem uma palavra. O corpo está a toda, o coração dispara no peito, os punhos se apertam. E mais nada. Sair correndo não se faz, bater no próximo não se faz. Formular palavras em pensamento é possível, dizer palavras com a boca também – propor perguntas, pedir contas, expressar dor e cólera. Mas como fazer isso? Muitas vezes, não encontramos as palavras. Não no momento exato. Os olhos ficam marejados, a garganta apertada, as palavras gaguejadas não são pertinentes, atropelam-se umas às outras. Mais tarde, fica-se horas e horas ruminando tudo o que se queria ter dito. Por fim, acaba-se esquecendo. Nosso corpo, porém, nunca esquece nada.

Detido em seu movimento, nosso corpo freou com todos os músculos. Frear é tudo o que ele pode fazer. Desse modo, os músculos se contraem e, para poder relaxar-se, ficam à espera de uma ordem que não chega. Nosso cérebro, que deveria dar essa ordem, não consegue fazê-lo porque não sabe o que aconteceu com o corpo. Coração

SEGUNDO MÊS

disparado, mãos úmidas, agitação não dependem dele. Dependem de uma rede de nervos paralela, chamada sistema neurovegetativo. Ele fica atento dia e noite para preservar em nós a vida, trabalho este que nosso cérebro consciente tem muita dificuldade de analisar e compreender. Neste exato momento, o teu coração está batendo, o sangue circula, os pulmões respiram, e não precisas querer, nem mesmo ter conhecimento disso, para que tudo aconteça perfeitamente dentro de teu corpo. O embrião do teu bebê aninhou-se em teu ventre graças a ele. Ele dispõe os hormônios necessários, dosa-os e os distribui. Depois, na hora do nascimento, é ele que contrai o útero; determina o momento, o ritmo e a duração das contrações. É o responsável pelo teu bebê, que representa sua obra preciosa.

Ele faz um trabalho vital e magnífico. Embora, às vezes, exagere um pouco. Reage com demasiada força. Impulsos demais, emoções demais e, por conseguinte, contrações exageradas dos músculos. Para que ele se acalme, não deve ser deixado sozinho, pronto para o exagero; temos de harmonizar nosso cérebro consciente com o sistema nervoso involuntário. Como? Aprendendo a conhecer os músculos que, sem teu conhecimento, se contraem; aprender a situá-los e a senti-los. Aprender a soltá-los.

Não precisas fazer um curso de anatomia. Começa, por exemplo, pela boca. Ela detém a chave do equilíbrio neuromuscular do corpo todo. Se os maxilares se trancarem, a musculatura do pescoço, das costas ou das pernas será vítima dessas contrações e terá grande dificuldade para soltar-se.

A boca pode condenar todas as portas de teu corpo, ou escancará-las a seu bel-prazer. É uma porta, a primeira, a que está mais no alto. Se a boca não relaxar, a musculatura também não relaxa.

A boca é forte, musculosa, muito sensível. Sempre à frente desde o primeiro instante de nossa vinda ao mundo, ela prende, suga, come, beija, profere palavras. É violenta, é muito suave, é tudo ao mesmo tempo.

Os músculos dos maxilares são, em proporção a seu tamanho, os mais fortes do corpo. Quando contraídos, os maxilares se fecham com uma pressão de oitenta quilos. Cada vez que engolimos saliva, eles exercem nos dentes um peso médio de dois quilos. E, como deglutimos com frequência mesmo durante o sono, eles exercem nos dentes – e em todo o nosso corpo – um peso de quatro toneladas no espaço de vinte e quatro horas[2].

Fronteira entre o exterior e o interior, nossa boca é também fronteira entre o consciente e o inconsciente. No fundo, não te dás conta do que fazes com os lábios, língua e maxilares; falas, comes, beijas, sorris, e os músculos de tua boca fazem uma porção de movimentos dos quais não tens consciência. E em suas fibras eles guardam, bem apertadas, inúmeras tensões que nem chegas a perceber.

Antes de poder expressar a própria dor, antes de encontrar as palavras adequadas, é preciso conseguir soltar os dentes, literalmente. Devolver à musculatura da boca a amplidão fisiológica de seus movimentos, a sua liberdade. Não estou sugerindo que a pessoa desloque os maxilares; aliás, observo que quem teme esse tipo de acidente costuma ter os maxilares atarraxados por tensões, e, com isso, as articulações fora de prumo; assim que os músculos conseguem relaxar-se, os problemas dos maxilares desaparecem. Sugiro movimentos minúsculos, muito exatos e delicados, a serem repetidos até a total fluidez. Saber distinguir entre os músculos dos lábios, os da língua e os dos maxilares, conseguindo mexer uns e outros separadamente.

Após tais movimentos, costuma ocorrer que um fluxo de palavras se libere, e, como uma abertura não se mexe sem a outra, tanto a visão como a audição também melhoram. Não é surpreendente, porque os maxilares e os ouvidos têm nervos em comum, e o ato de apertar os maxilares enfraquece nossa capacidade de escuta: nada consegue sair e nada consegue entrar.

O corpo é um todo, uma vasta rede nervosa, sensorial, sensual. Tudo se completa, a parte superior com a inferior, a interior com

....
2. Dr. Soly Bensabat. *Le stress, c'est la vie*. Paris: Fixot, 1989, p. 44.

a exterior. Um orifício lembra o outro, uma sensação num orifício da cabeça provoca sensações no orifício genital. A tomada de consciência de uma cavidade desperta a consciência de outra cavidade. O conhecimento da boca solicita o conhecimento da vagina, e o da vagina solicita o do útero, com sua boca oferecida. Na hora certa, essa boca se abrirá para deixar passar com naturalidade a cabeça do bebê. Os lábios da boca lembram os lábios do sexo. A língua tão musculosa – contém nada menos que dezessete músculos – com suas perturbadoras contrações e retrações pode conseguir, através de movimentos precisos, liberar a respiração, os músculos da nuca e os das costas.

Movimentos da boca n°s 1, 2 e 3, p. 137 a 140.

• **6 de dezembro**

Afinal, foi preciso chegar a minha vez de preparar-me a ser mãe para que eu pedisse à minha mãe algo mais que seus braços aconchegantes e carinhosos. Hoje, seu amor materno já não basta para me consolar, e aceito sua ajuda como terapeuta, que ela oferece há muitos anos a seus pacientes. Fiquei tão desorientada com a ultrassonografia feita sem delicadeza! Movimentar meus maxilares ajudou-me a pôr para fora minha raiva: consigo respirar melhor, o coração já não bate disparado. Volto a confiar no meu bebê corajoso. Talvez eu tenha me enganado na data... Depois de ter lutado tanto para existir, meu bebê vai conseguir se agarrar, com ou sem descolamento, com ou sem hematoma. Há dias em que eu acredito nisso, em outros não.

THÉRÈSE Ele vai conseguir. Os bebês são resistentes e as mães têm nessa ocasião reservas de energia incalculáveis. Conta-se que na década de 1980 os treinadores soviéticos, para aumentar o desempenho de suas atletas, pediam que elas engravidassem: durante um tempo desenvolviam-se nelas os hormônios específicos da gravidez que aumentavam sua força muscular. Depois, elas abortavam.

Uma bioquímica extraordinária se estabelece em torno do embrião de teu bebê. Teu corpo inteiro está voltado para a vida; ele tomará conta do bebê com todas as fibras de seus músculos, vasos e nervos.

Porque paira uma dúvida sobre o fato de teu bebê estar de acordo com as normas estatísticas, talvez penses que teu corpo te traiu, mentiu ou errou. Então, até há pouco, estavam presentes as forças de vida pujantes, invencíveis, e agora só restariam ruptura, incapacidade e incoerência?

Durante séculos, a concepção evocou os ritos mágicos e o temor daquilo que é incontrolável, como a água dos céus e o fogo dos vulcões. Agora, tudo – ou quase tudo – o que se refere à gravidez pode ser traduzido em números estatísticos. O ventre da mulher tornou-se transparente. A ansiedade, porém, continua presente. A das mulheres, como também a do pessoal médico.

O útero é inquietante. Desde que foi descoberto, causa preocupação: houve quem pensasse que ele viajava pelo corpo da mulher e, caso chegasse à cabeça, provocaria um desastre, crises, convulsões. Histeria. É de útero, em grego, que se usou o termo no século passado. Os conhecimentos em neurologia já estavam bem adiantados, mas, por mais que se estudassem os trajetos nervosos, o mistério das crises permanecia inexplicável, e feminino.

Hoje, o útero está sob controle. Pelo menos, sob controle óptico. Mas isso não impede que ele continue suspeito, mude de volume e de forma, se intumesça de vida e seja irrequieto. Por mais que se perscrute com precisão micromilimétrica o que cresce dentro dele, sabe-se que há, sob a redondez e a suavidade externas, nove meses de uma irresistível arrancada de força. Como querer que isso não provoque sentimentos ambíguos? Mesmo enfronhada em batas científicas, a ansiedade continua a ser ansiedade. Não tão racional quanto querem fazê-la parecer.

"Qualquer perturbação da capacidade de sentir plenamente o próprio corpo prejudica a confiança em si e a unidade do sentimento corporal; cria, além disso, a necessidade de compensação."[3] O fato de descartar o sentido do tato e da audição, de confinar a visão ao contorno de uma tela, prejudica decerto a confiança em si, mas encontra uma compensação nas próteses mágicas da aparelhagem tecnológica. Exceto para as mulheres. Elas não estão conectadas a esses aparelhos. Ver não as tranquiliza, porque não é pelo olhar que elas estão ligadas ao filho. Seu conhecimento é infinitamente mais rico e mais profundo.

Movimento nº 4 para descontrair os músculos lombares, p. 140 e 141.

• **10 de dezembro**

Segunda ultrassonografia. Cheguei com a bexiga cheia – "tome um litro de água antes de vir", dissera-me a secretária quando telefonei para marcar hora. A bexiga cheia achata as circunvoluções do intestino e ajuda a destacar o útero na ultrassonografia. Já havia seis pessoas na sala de espera quando cheguei! Uma hora de espera com a bexiga prestes a estourar, mas valeu a pena. O veredito dos ultrassons foi muito apaziguador: o desenvolvimento do bebê é perfeito, o descolamento tornou-se um "minidescolamento" e o hematoma um "mini-hematoma". Ou seja, tudo entrou nos eixos. Uma semana inteira de aflição à toa. Por que a Dra. M. não soube, ou não quis, escolher melhor suas palavras ao interpretar a primeira ultrassonografia?

....
3. Wilhelm Reich. *A função do orgasmo*. São Paulo: Brasiliense, 1995.

Terceiro Mês

• **15 de dezembro**

Fiz minha inscrição no serviço de pré-natal. Já não havia vaga no hospital V., cuja fama atrai todas as gestantes do bairro. Dirigi-me à maternidade R., que é conhecida pelo atendimento caloroso e atento. Preenchidas as formalidades administrativas, encaminharam-me para uma saleta onde uma moça de uniforme branco me explicou o funcionamento da casa, as consultas médicas obrigatórias e os exames a fazer. Em certo momento, perguntou-me o que eu esperava da maternidade R. Sua pergunta me pegou desprevenida, eu nunca pensara nisso. Respondi que desejava que meu parto fosse feliz. Pelo jeito, minha resposta não satisfez, mas eu não sabia o que acrescentar. Nunca tive um bebê, não sei o que se pode esperar de uma maternidade.

• **17 de dezembro**

Somos treze: seis casais e uma mulher sozinha, sentados num tapete no chão, de nariz espetado, olho fixo na televisão ao alto da parede. As mulheres estão grávidas e seguram a mão do marido, a que está sozinha senta-se bem ereta. Assistimos a um filme sobre o parto numa sala da maternidade R. "É facultativo, explicou a senhora das fichas. Você não é obrigada a vir, mas o filme é tão bonito..." Na tela, três mulheres dão à luz, uma após a outra. Três mulheres inacessíveis, nem seus suspiros nem seus sorrisos são para nós. O que estarão pensando? Sentindo? Jamais saberemos. Nenhuma fala, antes ou depois do parto. Elas acabam de viver algo que não podemos compreender. Filme mudo, que nos deixa perplexas. Então, é isso. O quê? Não sei. Será o que me espera? Talvez...

THÉRÈSE   Por que as mulheres na tela não falavam, ou por que ficaste apenas olhando? Desejar um filho, acolhê-lo dentro de si, fazê-lo nascer, tudo isso não pode ser percebido pelo olhar. A realidade se passa fora do campo visual, em zonas do ser inacessíveis ao olhar.

As mulheres não criam problema, colaboram, concordam. Deixam que lhes sondem a barriga, que filmem o nascimento, que o visor da câmera fique entre suas pernas, e há mulheres que concordam em ver o filme. Mas, dentro delas, algo não se afina com o espetáculo. O que, em tempos comuns, elas aceitam sem problema, agora as incomoda. Por causa da intrusão em sua intimidade e, também, pela necessidade de unidade de seu corpo.

Em tempos comuns, é verdade que o corpo é mostrado, exibido, filmado, fotografado. Mas deve submeter-se às leis da imagem. Ele será forçosamente achatado, recortado, enquadrado. E classificado de acordo com certas categorias. Ninguém vai se dar ao trabalho de olhar para um corpo em si. Ele tem de caber numa rubrica – esporte, sexo, arte, moda. O que leva ao estereótipo. Para prender o olhar do espectador, as imagens precisam ser cada vez mais espetaculares. O espectador recebe choques visuais, seguidos de anestesias pelas quais tudo lhe parece uma mistura uniforme.

Mas a mulher não consegue ser espectadora quando espera um filho. Nem do próprio parto, nem do das outras mulheres. Ocorre algo profundo que te imerge nas raízes da humanidade. Dás à luz com tua pele, teus órgãos, barriga e costas. Quando assistem a um filme sobre o parto, os futuros pais ficam com lágrimas nos olhos: pela grande sinceridade e pela intensidade do mistério, as imagens conseguem atravessar a tela e tocar-lhes o coração. É como se recebessem migalhas ressequidas.

• **24 de dezembro**

É noite de Natal, a estação de Lyon está cheia de gente e o trem, repleto. Não sei como vou conseguir viajar de pé até Valence. Martin não hesita. "Minha mulher está grávida", explica ele a um rapaz sorridente, que sem perder o sorriso cede-me o lugar. Diante de tanta boa vontade, o pai revelado faz questão de explicar que não "está blefando". Quem precisa ser convencido da autenticidade de nosso bebê? O rapaz sorridente ou nós, os pais? Fico vermelha e sem graça até a partida do trem. Sem jeito e com vontade de rir. Usurpação de título: minha barriga não aparece, serei de fato uma gestante? E terei de revelar um segredo tão íntimo a um desconhecido? Desejo que minha barriga comece a crescer e fique logo evidente!

• **3 de janeiro**

As férias já vão longe. O ar puro do campo deixou definitivamente meus pulmões. Os do bebê ainda não funcionam, mas o oxigênio parisiense que estou respirando é o mesmo que circula em seu corpo e lhe irriga os órgãos. Do mesmo modo, o alimento que como é que lhe permite desenvolver-se. Mas a comunicação entre nós não é direta.

A leitura dos manuais para gestantes me revelou a presença de um espantoso intermediário entre meu bebê e mim: a placenta, que supervisiona e organiza todos os nossos contatos.

> **Qual é a função**
>
> Sem a placenta, o bebê não poderia desenvolver-se no útero da mãe. É o intermediário indispensável que se encarrega de todos os vaivéns entre o feto e a mãe. A placenta recolhe no sangue materno as moléculas nutrientes (glicose para a energia, ferro para os glóbulos vermelhos, cálcio para os ossos...) e o oxigênio de que o bebê necessita; depois, ela o purifica do gás carbônico e dos resíduos. A placenta também é produtora, fabrica uns vinte hormônios indispensáveis ao feto, e protetora: serve de filtro para a maioria das bactérias presentes no sangue materno, deixando judiciosamente passar seus anticorpos, graças aos quais o bebê fica imunizado contra doenças, no seu primeiro ano de vida. Em geral, a placenta é comparada a um grande bolo. Aliás, o vocábulo placenta, em latim, quer dizer bolo. No fim da gravidez, ela atinge vinte centímetros de

Sem ela, o bebê não pode viver. Ora, não foi meu organismo que fabricou essa placenta; suas células, como aliás as do cordão umbilical, provêm do ovo. Isto é, metade do pai, metade da mãe. O mais espantoso é que, sem placenta, nossos dois organismos nem se tolerariam. É a placenta que permite ao ovo – corpo estranho – incrustar-se na mucosa uterina. Eis o que ocorre: o organismo da mãe identifica a presença do corpo estranho e desencadeia o conhecido processo de autodefesa, isto é, produz células assassinas e anticorpos. Mas estes ficam completamente ineficazes. O rebento não é rejeitado. Por quê? Porque a placenta identifica os assassinos e faz com que trabalhem para ela. Se, por determinado motivo, a placenta não desempenhar seu papel de defensora do ovo, ocorre um aborto chamado "de origem imunológica".

O conhecimento desse fabuloso mecanismo e da função da placenta me traz uma incrível serenidade. É a prova de que meu bebê não é um pedaço de mim, uma espécie de excrescência ventral, mas é um ser em si, diferente de mim. A placenta é um excelente antídoto para o clichê que designa o bebê como "carne de minha carne, sangue de meu sangue".

da placenta?

diâmetro e dois ou três centímetros de espessura. A placenta assemelha-se a uma árvore cheia de sangue ou, melhor, a um punhado de árvores frondosas cujos troncos se dividem em inúmeros galhos, hastes, vergônteas e milhares de raminhos chamados vilosidades. As raízes dessas árvores estão situadas do lado do cordão umbilical, e as copas cheias de vilosidades voltam-se para a parede do útero. As vilosidades estão imersas em pequenos lagos cheios de sangue materno, o qual é renovado ininterruptamente. É assim que o bebê se abastece: cada vilosidade contém uma artéria para transportar o sangue novo e uma veia para livrar o bebê do sangue carregado de resíduos e de gás carbônico. O sangue do bebê nunca está, portanto, em contato direto com o da mãe: a troca sanguínea se dá sempre através das paredes das vilosidades.

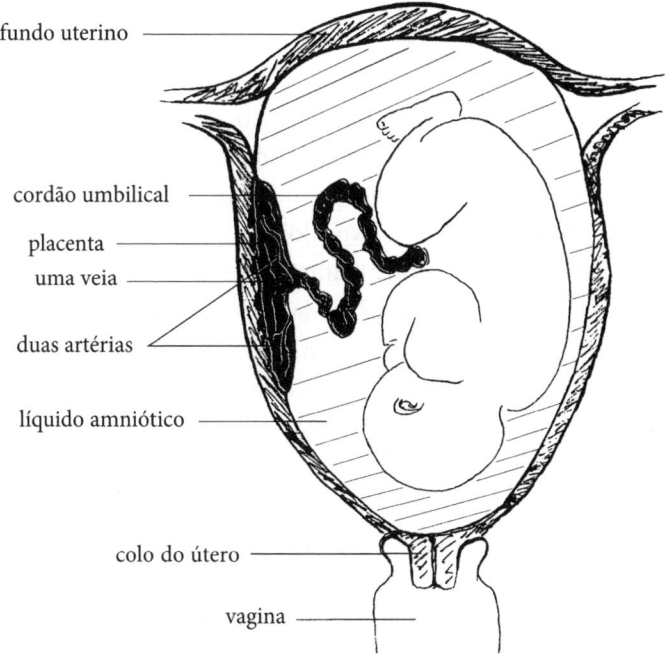

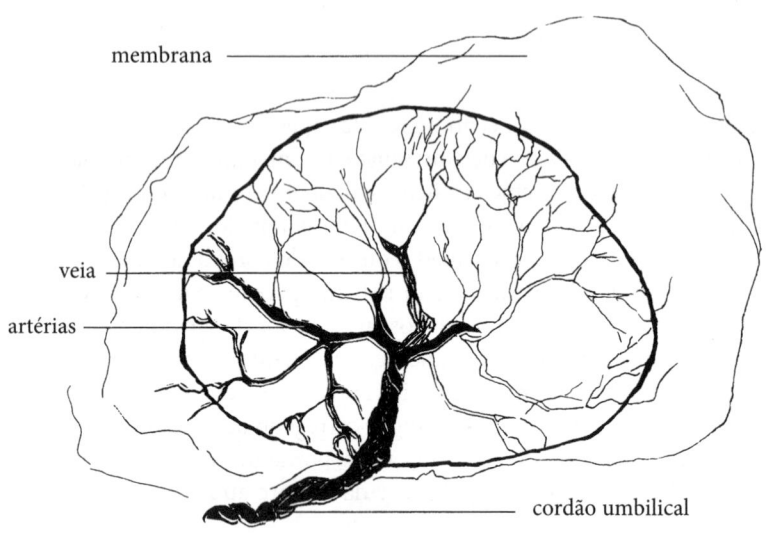

Superfície fetal da placenta.

THÉRÈSE A placenta, que não deixa passar as bactérias, deixa passar a adrenalina. Essa substância, que se espalha no sangue sob o golpe da emoção boa ou má, atravessa com facilidade a placenta. Nos dois sentidos. Desse modo, o bebê e a mãe estão continuamente imersos no mesmo sumo emocional.

Qual dos dois começou? Nada prova que o feto não seja capaz de comunicar ele mesmo suas emoções à mãe e indicar-lhe quais são seus desejos e preferências, influenciar de dentro os gostos e comportamentos maternos durante a gestação. Assim, bem antes de nascer, já preferias o salgado e adoravas viajar. Como é que eu sei? Durante a gravidez, passei a gostar só de coisas com sal e a querer viajar; ora, depois que nasceste, voltei a meus gostos pessoais: ficar sonhando sempre no mesmo lugar e saborear doces. No fundo, ainda se conhece muito pouco a respeito do saber e do poder dos bebês. Antes de nascer, eles mesmos preparam o leite da mãe, a partir da placenta. Dessa forma, toda mulher produz um leite que não lhe pertence e que, de filho para filho, tem uma composição diferente[1]. Na criação de animais – também somos animais – foi constatado que, se um bezerro for levado a mamar numa vaca que acabou de parir uma novilha, esse bezerro macho nunca será um bom reprodutor; e uma novilha mamando o leite destinado a um jovem touro nunca será uma boa vaca leiteira. E com a raça humana? Seria interessante saber, por exemplo, como o leite de uma ama, feito para o filho que ela carregou no ventre e dado a outra criança para a qual não era destinado, pode influir nesta criança. "Antigamente, era engraçado, disse-me certa vez uma encantadora e inconsciente senhora, as crianças ficavam parecidas com sua ama de leite. Não se pareciam com a empregada, mas com a ama, e em certos casos pela vida afora."

Não é fácil explicar como se dá a passagem dos hormônios, porque não se sabe ao certo qual dos três habitantes – a mãe, o feto ou a placenta – os produz. Sabe-se, contudo, que o feto tem uma grande autonomia em relação à mãe: ele mesmo regula a produção dos hormônios vitais a seu desenvolvimento.

Sabe-se também que os hormônios maternos são produzidos sob o controle do cérebro. Não de nosso cérebro consciente, mas do mais arcaico e mais animal, que se chama hipotálamo. O que ele faz escapa quase totalmente ao controle do córtex, o cérebro moderno, que está empoleirado por cima dele. Aliás, sua ação oculta é conhecida há relativamente pouco tempo pela pesquisa científica. O hipotálamo é o grande mandachuva da vida. E também do bem-estar, do prazer. Tem às suas ordens dois sistemas que dispõem de ações diferentes e complexas. Digamos que um empurra e o outro freia. Às vezes, um se antecipa ao outro, e nosso organismo se desregula. O que é chamado de "simpático" se estimula nas situações de estresse; é ele que acelera as contrações

---

1. Madeleine Chapsal. *Ce que m'a appris Françoise Dolto*. Paris: Fayard, 1994, p. 247.

do coração e dos vasos, que espalha a adrenalina no sangue. O outro, o "parassimpático", procura acalmar e refazer nossa energia ameaçada. Um está de plantão de preferência à noite, o outro, de dia.

Para o bem-estar teu e do bebê, é indispensável o bom entendimento desses dois sistemas. Podes ajudá-los a se porem de acordo. Como? O hipotálamo está em ligação constante com a boca, os olhos, os ouvidos, as narinas, a pele, todos os receptores dos sentidos que ficam na fronteira do interior com o exterior de teu corpo. Quando trabalhas a boca, teu sistema nervoso torna-se mais estável e confiante. Já vou explicar como trabalhar os olhos.

Ao longo da coluna vertebral, encontram-se as conexões das redes de células nervosas. Por meio de leves pressões, com pequenas bolas de cortiça que costumo usar, podes enviar através da musculatura mensagens para serenar os gânglios simpáticos, isto é, as conexões neurais. Estas conexões são como bebê que precisa de carinho para acalmar o choro: têm necessidade de contato. Não percas tempo buscando sua localização exata, pois as mensagens circulam com facilidade ao longo das costas.

O hipotálamo, que comanda a vida, é o senhor da fome, da sede e do sexo. É também o senhor por excelência do nascimento. Depois de ter atraído irresistivelmente dois seres, de ter fundido a célula masculina com a feminina, de ter amadurecido o fruto, não tem cabimento pensar que ele cai no sono na hora da vinda ao mundo. Contanto que não o adormeçam artificialmente, à força de anestésicos, é ele que comanda os movimentos do útero. Podes contar com a competência de teu sistema nervoso. Há mulheres que contam mais com o anestesista, que sabe tanta coisa. E sabe mesmo, mas nunca tanto quanto os neurônios funcionando num corpo saudável.

Movimentos n°s 5 e 6 para fazer respirar as costas, p. 142 a 144.

• **12 de janeiro**

Cansaço e moleza. Ao me levantar, só tenho vontade de uma coisa: deitar de novo. Assim que me deito, fecho os olhos e durmo. Não é como o esgotamento do atleta depois da prova: mais parece o torpor intermitente da adolescência. Aqueles dias glaucos em que tudo parecia inútil, exceto dormir e continuar a dormir, o sono parecendo a grande escapatória. Os meus dias de mulher grávida têm a mesma indolência. Li que é um dos efeitos da progesterona, hormônio produzido em grande quantidade durante a gravidez. O sono, como teia de aranha que impede as mães de se agitarem.

Aqui estou eu, como na adolescência, sujeita à força hormonal. De novo, o corpo foge ao meu controle e faz o que bem entende. Aos treze anos, um pouco assustada, vi meus seios crescerem, os quadris se alargarem e o nariz indeciso se achatar no meu rosto. Sentia-me uma estranha. Agora começa tudo de novo. Meus seios aumentam, a barriga cresce, já o nariz fica no mesmo lugar, mas palpita sem parar, sensível ao mínimo eflúvio. Torno a sentir-me uma estranha.

Adolescente ou mãe em botão, a prova a enfrentar é do mesmo calibre: sair de um estado para tornar-se outrem. Ontem, era deixar a infância pela incerteza da adolescência; hoje, é deixar a liberdade de adolescente pela responsabilidade materna. Transição por águas turvas. Acho que tudo vai acabar bem. No mais tardar, em julho... Além disso, os distúrbios da gestante – náusea, vômitos, salivação e outras mazelas de mãe – estão devidamente consignados nos manuais de gravidez, o que de certa maneira tranquiliza. Infelizmente, os livros não explicam direito as causas fisiológicas de minhas alterações internas. Gosto mesmo é da explicação popular: o que a mulher prenhe vomita é a sua ansiedade. Já não gosto muito da análise culpabilizante segundo a qual só as mulheres que rejeitam a gravidez sentem mal-estar. Há também quem diga que os distúrbios aparecem apenas em mulheres divididas, as que oscilam entre o desejo e a rejeição da gravidez. Mas nem todas as mulheres são assim! Esperar um filho, carregá-lo dentro de si, fabricá-lo, imaginar sua criação, pode haver reviravolta maior? Será então de estranhar que, em dado momento, a futura mãe se pergunte se estava certa ao lançar-se em tal aventura?

THÉRÈSE — Teu bebê não esperou que lhe desses o consentimento de tua razão, foi ele quem decidiu. Lá estavas, em total inconsciência – isto é, em total verdade – e aconteceu. O teu sistema nervoso poderia ter impedido o encontro. Às vezes, ele não deixa os espermatozoides amadurecerem e os óvulos se formarem, caso a situação seja de estresse; ou então não deixa que as duas células reunidas consigam se implantar. Mas, no teu caso, a vida está a caminho.

O teu sistema nervoso tateia, é verdade. Procura ajustar-se e adaptar-se da melhor maneira. A linguagem do corpo é isso também. As pessoas fazem de tudo para barrar a intrusão dessas sensações "vegetativas", isto é, que pertencem ao sistema neurovegetativo, quando as emoções – e também os conflitos – são muito fortes. Ninguém gosta de sentir náusea, vertigem, a boca seca ou repleta de saliva. É desse modo que nos habituamos a recalcar nas profundezas do corpo todas as emoções, para não sentir as descargas vegetativas que as acompanham.

A mulher grávida, não. Ela está no seu corpo, ela é o próprio corpo. Seu sistema nervoso se expressa, e ela não consegue reprimir essas manifestações. O que é ótimo. Seria bom que não houvesse conflito, mas, já que ele existe, o fato de bloquear as manifestações corporais significa bloquear o corpo todo.

Reprimir as manifestações do corpo é enrijecer os músculos, é formar barreiras. A energia, ao animar cada um de nossos órgãos – também eles em movimento –, é o fator de nossa unidade e circula em nosso corpo desde o instante da concepção até o da morte. Nosso organismo nunca esquece seus primórdios, quando era uma bolinha minúscula, uma espécie de amora microscópica, a 'mórula', feita de células muito parecidas que já pulsavam e respiravam. Pulsar e respirar é típico da vida. Hoje, em teu corpo, há centenas de bilhões de células que estão pulsando e respirando com ritmo. O ritmo de tuas células é que dá energia a teu corpo. Como o ritmo das ondas faz a força do oceano.

Por enquanto, o ritmo do bebê é o mesmo que o teu. Dentro em breve, no seu quarto mês de embrião, ele vai escolher um ritmo próprio, distinto do teu.

Para a célula, respirar é inchar-se e contrair-se, aspirar os líquidos do corpo e expulsá-los. Juntas, as células dos músculos e as dos órgãos fazem um incessante movimento vibratório e rítmico. Assim, teu corpo e o do bebê vibram em movimentos ínfimos e fortes que não percebes, e que são mais importantes para ambos que os movimentos da respiração ou da circulação do sangue, porque estão na base da própria vida.

A pulsação de todas as nossas células harmonizadas produz em nós uma incrível força energética. Essa força não se traduz pela necessidade de agitação: ficamos de acordo com todo o nosso ser, sereno e muito alerta.

Às vezes, porém, sentimo-nos esgotados, com o ritmo interrompido. "Não há contato", costuma-se dizer, entre duas pessoas. No nosso caso, não há literalmente contato dentro de nós mesmos. Aliás, nem fora, pois pessoas e coisas nos parecem hostis e sem interesse. Nossa cabeça está em desacordo com nosso corpo, e nossos braços, costas, pernas estão em desacordo entre si, e todo o nosso corpo está em desacordo com o mundo que o cerca. Todos os seres humanos, todos os animais, todas as plantas, todos os seres vivos têm uma vibração universal que os une. No instante em que ocorre um golpe físico ou psíquico, na hora de um conflito, nossos músculos se contraem. Se não encontram um jeito de se relaxar, a energia, que era fluida, se cristaliza. E sempre em determinados lugares do corpo. Concretamente é possível ver e tocar nos lugares em que a energia se acumula, como solidificada. Durante meu trabalho, muitas vezes senti ao toque dos dedos essas zonas, que chamo de zonas mortas. A pele, mais espessa, prende-se às camadas musculares subjacentes. As fibras musculares imobilizadas estão rígidas e contraídas. Aparecem edemas e celulite, e, quase sempre, os órgãos das zonas correspondentes estão congestionados.

Dessa forma, a culote nada mais é que o indício externo do bloqueio dos músculos das coxas, da pélvis e da parte inferior das costas. Não há creme emagrecedor que dê jeito. No lado de dentro, na profundeza da bacia, o ovário, o útero, os órgãos genitais estão sofridos, e as mulheres, depois de enumerar seus tormentos superficiais, quase sempre também falam dos tormentos profundos. Falam de frigidez e até de esterilidade.

Pensas que estou fugindo do assunto, minha filha? Já me conheces e sabes como antigamente meu trabalho era minha preocupação constante. E eu não te deixava em paz. À mesa, na cozinha, em qualquer lugar da casa, eu continuava falando daquilo que era a minha paixão... Mas, estás certa, meu girassol, vamos voltar ao único assunto que te interessa.

Gerar e dar à luz são atos intensos. A mulher grávida não pode desperdiçar com bloqueios nem uma migalha de sua energia. Há uma perda considerável de energia quando se mantêm os músculos contraídos. É claro que ninguém tem consciência de estar fazendo força. Mas a pessoa se sente esgotada; ao longo de dias e anos o organismo vai armazenando cansaço nos músculos. Não, porém, em todos os músculos. Os músculos posteriores do corpo têm um formidável poder de contração. Têm, aliás, uma força incrível, por motivos anatômicos e fisiológicos bem precisos, dos quais pretendo logo te falar, porque estão relacionados à maneira como está se formando o embrião de teu bebê. Vou explicar como a potência de nossos músculos posteriores, da nuca aos calcanhares, representa ao mesmo tempo nossa força e nossa fraqueza.

Costumamos empregar a força de nossas costas contra nós mesmos. Em vez de fazermos os músculos funcionarem para nosso bem-estar, invertemos suas potencialidades e os destinamos à impotência.

Invertemos em sentido próprio. Com a região lombar arqueada, o púbis contraído, em atitude de recusa, certas mulheres – e homens também –, quando peço que projetem o púbis, não entendem e quase sempre projetam o umbigo. Acentuam ainda mais o arqueamento da região lombar e comprimem o sexo entre as pernas. Um organismo sadio deveria conseguir aproximar sem dificuldade os dois polos originais: a boca e o sexo.

A mulher que dá à luz sem se violentar aproxima essas duas aberturas, a inferior escancarando-se como uma "cornucópia", diria Françoise Dolto.

Segundo Reich[2], "durante o orgasmo, o corpo aproxima dois órgãos particularmente importantes do ponto de vista embriológico, a boca e o ânus". Por que falar aqui de orgasmo? Porque o orgasmo e o parto são parentes próximos e inquietantes. Há alguns anos, uma aluna disse-me ter tido na hora do nascimento de seu primeiro filho uma sensação de gozo parecida com a do orgasmo.

Durante o orgasmo e durante o parto, o corpo é invadido pela mesma substância hormonal, a ocitocina, que se libera em grande quantidade pelo sistema nervoso. As pulsações do orgasmo vaginal prenunciam as pulsações – gigantescas – do útero na hora do parto.

No orgasmo, o prazer ocorre por uma excitação das faces laterais do hipotálamo. E no parto? Onde está inscrita a memória do medo? No corpo todo, e é por ele que pode ser dissolvida, arrastada pelo fluxo de uma pulsação serena, bem antes da hora de dar à luz.

Movimento de respiração nº 7, p. 144 a 145.

....
2. Wilhelm Reich. *A análise do caráter*. São Paulo: Martins Fontes, 1989.

Quarto Mês

• 19 de janeiro

A vida de grávida tem códigos e itens considerados obrigatórios. No terceiro mês, há ainda uma ultrassonografia: "*É a mais importante, porque permite detectar eventuais más-formações do feto*", informou-me o médico do pré-natal. Qual mãe teria a coragem de evitá-la? Isso nem me passou pela cabeça. Dócil, mas em falta: o Dr. B. reclama do meu creme "antiestrias" – provavelmente o inofensivo hidratante que eu tive a infeliz ideia de passar. "*Prejudica os sinais, não enxergo nada. Nunca mais passe isso! Além de tudo, não adianta nada.*" O sermão fica registrado. O esquecimento de meus preciosos óculos deixa-me entregue, de ventre e coração atados, ao veredicto do médico.
"Veja o pé direito!"
Espero, impaciente, pelo aparecimento do esquerdo.
"Ah! Esse tal de creme! Não consigo enxergar o outro.
– ...
– Aí está ele!"
Solto, afinal, a respiração involuntariamente bloqueada em meus pulmões.
O Dr. B. mede tudo o que vê: os ossos, o diâmetro do crânio, o umbigo... Tudo parece normal. Meus ombros começam a desprender-se das minhas orelhas.
"O bacinete direito é duas vezes maior que o esquerdo."
A chamada à ordem é como um soco no meu estômago, e os ombros sobem de novo até perto das orelhas.

"É mesmo???
– ...
– O que é o bacinete?
– É o rim.
– É grave?
– Hum...
– É grave??
– ...pode voltar ao normal sozinho", resmunga o Dr. B.

Odeio essas frases curtas, essas palavras que não dizem nada ou dizem demais.

Ainda tenho direito a uma última proposta, lugar-comum da ultrassonografia do terceiro mês:

"A senhora quer saber o sexo da criança?"

Troco um olhar com o pai, que veio comigo. Sim, é sempre sim.

"Menina, uma meninona", solta ele enquanto redige o relatório. "Há um excesso de líquido amniótico. A senhora deve estar comendo muito açúcar", diz em tom de censura.

Tenho a impressão de ser uma mãe horrível, irresponsável. E no entanto não gosto de açúcar.

"Ah! É? Então deve ser o metabolismo do açúcar."

Decididamente, não tem jeito. A ultrassonografia não foi inventada para dar tranquilidade à futura mãe. É melhor não dar importância. Articulo um "até a próxima, doutor" só para dizer alguma coisa e saio depressa. O elevador está com defeito. Que sorte: assim não preciso ver meu rosto no espelho: nariz vermelho, boca retorcida, lágrimas caindo. Enterro tudo isso no ombro do futuro pai, que faz um esforço para parecer forte. Chegando em casa, meu consolo é olhar o retrato colorido de nossa filhona. Narizinho arrebitado, cabeça bem redonda. É uma graça. Eu gosto muito de você, minha querida.

THÉRÈSE   Como o amor é alerta... Tua visão, separada dos outros sentidos, se confundiu, e os olhos só te serviram para chorar. Tua vista, obrigada a ficar sozinha e a tomar a dianteira, ao tentar distinguir um bebê irreconhecível – um pé, o sexo, um rim – não é capaz de estabelecer uma ligação entre essas representações de pedaços de feto em preto e branco vagando por uma tela e o teu bebê bem vivo. Então o consolo de teus olhos é um pedaço de papel, uma abstração de bebê. Os olhos das jovens mães, seu coração e seu cérebro são na certa superdotados. Conseguem dar corpo a traçados, sinais, números. O trabalho do técnico é o inverso. Nada de corpo. Ele desencarna os corpos. Esmera-se para colocar direitinho uma cruz nos quadrados previstos. A organogenesia, isto é, o período de formação do embrião, nada mais é para ele do que um momento de potencial má-formação. O seu negócio é a má-formação: vive em busca de uma, e imagino como fica cheio de si quando descobre na tela uma inédita, uma "pra valer", que nenhum de seus colegas encontrou ainda. Para alguns técnicos, o jogo de busca é uma espécie de *video game*, um jogo só deles e do qual as mulheres – que não conhecem as regras e não estão a fim de jogar – estão excluídas. Os enganos? Não são raros e às vezes podem chegar a enormidades, mas, como no jogo, não têm consequências. Exceto para as mulheres, que passam pelas lágrimas, pelas noites em claro e pela angústia, capazes de destrambelhar o corpo e a mente. Uma aluna escreve-me da Itália:

> *Em 10 de fevereiro, fiz uma ultrassonografia cujo resultado foi terrível: meu feto apresentava na altura da nuca uma espessura cutânea de dez milímetros e a medida dos fêmures era inferior à normal. Meu ginecologista disse-me textualmente: "Péssimo prognóstico, porque é uma anomalia cromossômica com graves danos encefálicos. Se o diagnóstico é definitivo? Claro! Na metade dos casos". Cinco dias depois, recebi o resultado dos exames das alfafetoproteínas, que estavam perfeitamente normais; não foi detectado nenhum tipo de anomalia. A amniossíntese nem seria necessária, afirmaram-me. Voltei a ter esperança. Mas assim mesmo tive de fazer a amniossíntese e esperei durante vinte e dois dias para obter uma resposta certa e definitiva. Eu já não conseguia mexer os maxilares, fiquei para morrer.*

Vinte e dois dias de angústia indescritível. Enfim, no dia 16 de março, fui ao hospital com meu marido e lá ouvimos o seguinte: "Está tudo bem, nenhum indício de anomalia cromossômica, é um menino". A ultrassonografia feita nesse mesmo dia mostrava as medidas anatômicas do feto perfeitamente normais, sem nenhum sinal de espessamento na nuca.

"Será que foi um milagre?, acrescenta ela. *Ou erro do aparelho?"* Porque está cheia de ternura e não pode admitir um dano causado por pessoas, mesmo incompetentes.

Como é que as mulheres conseguem, com a barriga cheia de medo, levar a termo corajosamente a gravidez? Porque têm uma vantagem imensa: a cabeça no lugar. É verdade, pode alguém ser especialista em números, em códigos, em transposições, pode ser um "crânio", mas só com meio cérebro. Apenas o hemisfério esquerdo se desenvolveu, aquele que analisa com frieza, segmenta, converte a realidade em abstração. Refiro-me ao córtex, nosso cérebro especificamente humano – situado na cabeça acima do arcaico, o hipotálamo – que comporta dois hemisférios, o direito e o esquerdo.

A visão global dos seres e das situações, as emoções, a imaginação, a música, o calor humano competem ao outro, o hemisfério direito. Este existe em todo ser humano, é claro; desde o início lá estava ele com todas as suas possibilidades, mas precisava que o deixassem desenvolver-se. Isolado, reprimido, privado de alimento, o cérebro direito fica embotado, definha. Ocorre uma deformação bem conhecida, a partir da escola primária: a hipertrofia do cérebro numerador e classificador em detrimento do outro, o intuitivo e sensível. Além disso, o cérebro numerador também é falante. De tal modo que domina com facilidade. Domina e nos retira metade do nosso ser. O centro da linguagem encontra-se no cérebro esquerdo. Talvez seja esse o motivo por que a maioria das pessoas atingidas por violenta emoção não encontra palavras: não ocorre a ligação entre os dois hemisférios – um sofre, e o outro, alheio ao sofrimento de seu gêmeo, não consegue ajudá-lo a descarregar em palavras coerentes o excesso de dor.

Agora, minha cara, vou te contar o que talvez ainda não saibas e que recentemente agitou uma parte da comunidade científica: as mulheres têm a particularidade de falar tanto com o cérebro direito quanto com o esquerdo. E, na mulher, o centro da linguagem encontra-se nos dois hemisférios[1]. Por muito tempo pensou-se que o cérebro esquerdo tinha a exclusividade da palavra e que o direito era silencioso. Agora, de fonte oficial, sabe-se que na mulher ele fala. Que diferença faz? O cérebro direito está em contato com o corpo; sem ele, não há consciência do corpo e são poucas as percepções corporais. Se a palavra da mulher é diferente, é porque vem de outro lugar. Passa por seu corpo e coração. Aliás, quem presta atenção percebe: essa palavra é mais concreta, mais sensível.

É preciso que as mulheres saibam disso, sobretudo as submissas, as que pensam que não sabem nada, que não entendem de nada. Saibam que podem sentir, pensar e falar com toda a cabeça, porque seus dois hemisférios cerebrais estão em ligação direta com o corpo. O contato com o corpo e a consciência desse contato lhes dão estabilidade e resistência. Sabedoria, realismo e amor pela vida, elas já têm de nascença.

Movimento dos olhos nº 8, p. 145 e 146.

• **25 de janeiro**

Falar com o cérebro direito é formidável, mas não deixa de ser cansativo! A palavra que passa pelo corpo e pelo coração é a porta aberta a todas as perguntas sem resposta. Elas se atropelam, algumas explícitas, outras nebulosas. Quem é essa mulher? Serei eu? Mais do que eu? Eu que não me conhecia? Liberada do jugo

....
1. *Nature*, v. 373, 16 de fevereiro de 1995.

do mundo, centrada, concentrada. Ou será menos que eu? Uma mulher girassol, cujo sol é o ventre ocupado por outro ser? Mulher em trânsito, ou vou continuar assim, outra, diferente? Mesmo quando o bebê tiver nascido... A metamorfose apenas começou. De perfil, só se vê uma barriguinha, como se eu tivesse comido demais. Por dentro, são dois corações que batem em alvoroço. Há horas em que me pergunto se isso é normal. Por que não consigo me livrar desta ansiedade desde o dia em que apareceu a linha azul no quadradinho do teste? Por que não sou como a gorduchona Mathilde, grávida de seis meses, toda corada e feliz? Ou como Clara, que espera o terceiro filho com os outros dois agarrados à barra da saia, mas sem perder o ânimo? É verdade que também existe a Antoinette, grávida de três meses, que tem pesadelos toda noite. "*Elas são elas, e você é você*, me diz Martin carinhoso, para me acalmar. *E será que Mathilde contou tudo?*..." Sei lá. Às vezes, tenho a impressão de que a gravidez é uma tempestade que faz subir à tona pedaços de vida. Ameaçadores *icebergs* flutuando para cá, para lá. Um desses *icebergs* parece uma coincidência: será de fato coincidência? É a data de 15 de outubro. O dia que a ultrassonografia assinalou como presumível data da concepção do bebê. Para mim, 15 de outubro é um domingo em que eu tinha quatro anos. O dia em que perdi meu pai. Morto com uma bala no coração, "no exercício de suas funções", como ouvi mais tarde, quando cheguei à idade das expressões burocráticas. Na hora, não chorei. Nem nos dias seguintes. Mas, depois, chorei. Muitas e muitas vezes. Até hoje. As lágrimas brotam e não consigo segurar. Quando estou só, pronuncio "papai" baixinho, porque também me fez falta poder dizer essa palavra. Hoje, espero meu primeiro filho, e ele foi "produzido" num 15 de outubro. Afinal, acho que não foi acaso. Também não foi premeditação: meu filho pertence à categoria dos bebês desejados mas inesperados. Meu inconsciente, já que não consigo descobrir outro responsável, decidiu fazer brotar a vida no lugar da morte. Mas a angústia da morte não se apaga com um ímpeto de vida, por mais forte que ele seja. A inquietação persiste. A minha talvez esteja ligada a esse sofrimento da infância. Todos nós temos nossos fantasmas, que são por vezes anjos da guarda. Dar a vida a um ser obriga inevitavelmente a voltar ao passado, remontar às origens. Muitos nascimentos são marcados pela história emocional dos pais. Quando meu bebê falar, vai dizer "papai", e eu ficarei muito feliz com isso.

THÉRÈSE   Não existe maior sofrimento do que não poder evitar o sofrimento de quem se ama; senti isso inúmeras vezes. E agora tu vais conseguir. Mais que uma proteção, será uma cura. O que me é impossível fazer por ti, vais fazê-lo sozinha.

Quinto Mês

- **27 de fevereiro**

Casamento.

- **28 de fevereiro**

Pois é, nós nos casamos. Casamento com chuva, casamento de ventura. Chegou a nevar! Para não sentir frio na igreja, eu estava com um bolero branco de pele sintética, comprado na véspera por minha mãe na Tati. Posso imaginar como ela correu de um lado para outro até encontrar um agasalho que servisse. Pensando bem, foi mesmo um casamento atabalhoado! Comovente, mas confuso. Nada a ver com o que se imagina numa redação do tipo "Conte o dia de seu casamento".

Tínhamos escolhido uma igrejinha oriental com cheiro de incenso. O coro era levantino: enormes tenores barbudos que cantavam em árabe e em latim, mas o padre era belga, tio de Martin. Ao entrar na igreja, segurando com uma mão o véu meio frouxo e com a outra o buquê de noiva, minhas pernas se puseram a tremer e meus olhos ficaram embaçados. Não sei como cheguei ao altar. Nem como voltei pela nave no fim da cerimônia. Foi o ar gelado da rua que me recompôs as ideias. Aliás, uma tarefa e tanto me aguardava: responder aos apertos de mão, beijar muita gente e segurar o meu coque, que ia perdendo os grampos um a um. Foi mesmo um casamento muito engraçado!

Quando, há um mês, Martin me disse "Vamos nos casar", dei um grito. O prédio todo deve ter ouvido. Até eu me ouvia e tinha a impressão de estar louca. Por que fiquei tão furiosa diante de um projeto afinal muito gentil e quase banal, embora as estatísticas digam que os franceses se casam cada vez menos? Eu não queria me casar. Não naquele momento. Não entendia por que o fato de esperar uma criança tinha de levar ao casamento. Mas Martin entendia com clareza. Ele é homem, e os homens não carregam o bebê na barriga, não o fazem crescer. De fato, não fazem muita coisa, pelo menos até o bebê nascer. Como é então que vão assumir o papel de pai? Aos próprios olhos e aos olhos dos outros? Quando se tratava apenas de amar a dois, bastava que nos disséssemos nosso amor e estávamos em condições de igualdade amorosa. Agora, o bebê existe, mas só está em mim. Embora seja de ambos. Compreendo o desassossego de Martin. Para ele, o casamento era o único meio de apropriar-se de nosso bebê.

Há um mês, seu "pedido" de casamento me perturbou. Achei que ele passava da conta: não tinha o direito de me propor casamento a pretexto de eu estar grávida. Eu estava negando sua participação no caso. Para mim, bebês e filhos eram negócio de mulher. Minha mãe criou sozinha meu irmão e eu desde a morte de meu pai, e nenhum outro homem interferiu na minha educação. Por que iria eu achar legítima a pretensão de um homem – embora amado e pai de meu filho – de partilhar a responsabilidade por esse bebê? Levei tempo para dizer sim, sem gritar não por dentro.

Não lamento o casamento às pressas. Feições pálidas, casacas cinzentas e vestido branco feito para barriga meio volumosa. O que ficou de melhor recordação foi quando, à noite, sozinhos e rindo, fizemos tilintar nossas alianças, uma contra a outra.

- 1º de março

Ele se mexeu. Eu estava sentada, quieta, quando de repente eu o senti. Fugidio, quase imperceptível. Não foi um gorgulho de barriga vazia, foi "ele", tenho certeza. Tanta certeza como se ele tivesse me cochichado ao ouvido. Seria a mão, o joelho, a cabeça dele? Não sei. Mas era ele. Pela primeira vez. Ele e não eu. Seu primeiro sinal. Somos dois, disso estou certa. Como um sinal de reconhecimento, coloquei minhas mãos sobre esse corpinho encafuado na minha carne. Sei que é o início de um maravilhoso diálogo.

THÉRÈSE Ao completar dezoito semanas, teu bebê tem rosto de gente, as mãos e os pés estão perfeitos... Isso quer dizer que, antes, ele não tinha rosto de gente? Antes, ele passou por todas as figuras dos antepassados de nossa humanidade, e por todas as suas formas. As duas primeiras células do ser humano trazem em si a memória de inúmeros antepassados de aspecto cambiante. Em nove meses, a natureza refaz de modo compacto sua obra de quinhentos milhões de anos de transformação. O ventre da mulher é um planeta que reconstrói indefinidamente o mundo em seu secreto minioceano. Teu lindo bebê tornou-se peixe; ao completar quatro semanas de vida, com o saco vitelínico nutriz sobre a barriga, parecia um jovem alevino. Com uns arremedos de membros, ficou semelhante às criaturas semiaquáticas e semiterrestres provenientes do oceano primitivo; neste momento é mamífero, com uma espécie de pelúcia recobrindo todo o corpo, a lanugem... Talvez seja por causa dessas metamorfoses inquietantes que, durante séculos, houve hesitação em se reconhecer o feto como membro da família humana – era tido como um ser híbrido, meio animal, meio criatura sem alma.

Por que estou te contando uma coisa que diverge das historinhas infantis, próprias para berçários? Porque, em todas as formas cambiantes desses corpos desde a noite dos tempos, há uma peça mestra de sua estrutura que permaneceu praticamente intacta: a coluna vertebral e seus músculos. Tens de contar com esse par para deixar nascer teu bebê: é um par mais antigo que o cérebro, mais antigo que os membros, mais antigo que o sexo. O primeiro a se formar em nossa história de vertebrados, e o primeiro de nossa história individual.

A coluna e seus músculos foram delineados prioritariamente no corpo do embrião de teu bebê. Ele estava com três semanas, era uma bolinha de células iguaizinhas, não dava para perceber quais se transformariam em cabeça, pele ou órgãos, e a córdula se formou. A córdula é um minúsculo cordão de células que se diferenciaram das outras, e que mudou tudo. Pode-se dizer que a córdula tomou o poder e modificou profundamente toda a organização do pequeno corpo. Ela lhe forneceu um eixo, o da futura coluna vertebral, e incitou as outras células a se "diferenciarem". Algumas se alinharam ao longo do eixo na forma de um minúsculo tubo: era o esboço do sistema nervoso. Outras células se alinharam, em pequenos blocos simétricos, de cada lado do eixo vertebral: eram as futuras vértebras e seus futuros músculos.

Insisto nessa particularidade da formação de teu bebê porque ela ajuda a compreender tua própria organização muscular: como és constituída e como te mexes, e como consegues trazer em ti um bebê, fazê-lo nascer, com naturalidade. A natureza é muito coerente, basta relacionar entre si as informações que ela nos oferece.

Dessa maneira, desde nossa origem como embrião e por toda a vida, estamos sob o comando de músculos específicos que, no entanto, a maioria das pessoas nem sabe situar. De cada lado de nossa coluna, feixes de músculos bem apertados prendem-se da cabeça à cauda. É verdade que perdemos nossa cauda de embrião, mas isso não quer dizer nada, os músculos passam pelas pernas e continuam seu percurso por todo o corpo, da cabeça aos pés. Parecem desconhecer que temos pernas e continuam num bloco único de uma extremidade à outra, como se fôssemos peixes ou répteis. Esses músculos primeiros, acostumados ao poder, não o largam nunca. Dominam constantemente, determinam a forma de nosso corpo, o equilíbrio, o bem-estar, a qualidade e a força de nossos movimentos. A córdula, estás lembrada, determina o eixo do embrião da cabeça à cauda. Determina também o eixo anteroposterior, isto é, instala uma linha divisória entre as partes dianteira e traseira do corpo. Somos feitos de duas metades, e essas metades, por se desconhecerem, lutam abertamente. Somos nós que permitimos isso, porque não sabemos o que temos nas costas. Pergunta a qualquer pessoa que sente dor nas costas o motivo dessa dor, e ela responde: "Porque tenho as costas fracas". Ninguém tem costas fracas, nenhum vertebrado, nenhum mamífero, mesmo humano. Nas costas, da nuca aos calcanhares, temos uma herança, uma força bruta, primitiva, força sobre-humana, por assim dizer, vinda dos primeiros vertebrados. Todos nós, sem exceção, a temos; os de aparência frágil têm de fato uma resistência surpreendente, como já pude constatar muitas vezes com meus dedos durante o trabalho corporal. Então, por que dói? Justamente porque é forte demais. Forte demais em relação ao resto da musculatura. O que é o resto? Nossa parte anterior, a dianteira do corpo, nossa metade mais recente, mais mole e vulnerável, a que expomos à nossa frente desde que ela deixou de estar protegida entre as quatro patas quando nos erguemos nos dois pés: a garganta, o peito, a barriga, a face anterior das pernas. A parte anterior tem músculos diferentes, menos numerosos que os primitivos de que já falei. Os primitivos, numerosos, fibrosos, apertados, organizados num só bloco de uma até a outra ponta do corpo, estão sempre se contraindo. Tudo lhes serve de pretexto para a contração, o mínimo movimento, a mínima emoção de nossa parte. Eles se contraem até o cansaço, até o esgotamento. As pessoas imaginam que os músculos das costas são fracos: se pudessem ver os nós que têm na nuca, entre os ombros, na parte inferior das costas, a intensidade das contraturas!... Mas ver é justamente o que não podem fazer: os olhos estão voltados para a frente, e, se abaixam o nariz, só veem a barriga e a frente das pernas, que lhes parecem moles. Por isso concluem que todos os músculos do corpo são moles. Entendes o equívoco? Patético.

 Se a barriga é mole, é porque do outro lado a região lombar é dura. As leis da fisiologia proíbem qualquer ação a um músculo enquanto seu "antagonista" estiver contraído. Os antagonistas dos abdominais são os músculos lombares. Assim, os músculos da barriga não podem trabalhar enquanto os lombares estiverem contraídos. E, se os músculos lombares se contraem, suas fibras se encurtam, comprimem as vértebras e deformam o corpo. A região lombar é cava, e a barriga, na frente, boceja (cf. desenho).

Para pôr uma criança no mundo, para carregá-la no ventre, é preciso o acordo das duas partes, a arcaica e a moderna, a posterior e a anterior. É preciso reconciliar a força e a fraqueza. Não, não é nada complicado. A gravidez torna a musculatura mais flexível e as ideias menos rígidas. Os hormônios específicos, destinados a amaciar o corpo, também amaciam o espírito.

Fico desolada quando vejo o que certas mulheres grávidas fazem pensando que lhes faz bem: respiração, braços estendidos para o ar, pernas agitadas, afastadas, joelhos dobrados, posição de cócoras, de pé, inclinada. Que falta de respeito para com a própria estrutura muscular, para com a inteligência do corpo!

Só uma coisa deve ser feita: permitir que os músculos dominantes se alonguem. Se eles se alongarem, as leis da fisiologia estarão a teu favor. Se eles se alongarem, não podem mais se contrair, está certo? Ficam inibidos. No mesmo instante, seus antagonistas se contraem. E assim, sem transpiração, sem esfalfamento, sem embrutecimento, podes tonificar os músculos da barriga. Ainda não entendeste? Se a região lombar estiver contraída, a barriga nada pode fazer. Se os músculos lombares estiverem inibidos, os músculos da barriga podem trabalhar. É um jogo sutil de todos os músculos do corpo que obedecem às intemporais leis fisiológicas da natureza. E não às futilidades da moda fugaz.

Como permitir que os músculos da região lombar, dos ombros, da nuca, todos os dominantes da cadeia posterior se alonguem? Despertando-lhes a inteligência. Como de uma a outra extremidade todos são solidários, basta trabalhar um ponto preciso para que os outros reajam. Podes convencê-los a se alongarem atrás das coxas, por exemplo, ou na nuca, ou até na planta dos pés. As informações circulam bem depressa e, pelos músculos dos pés, podes alongar os músculos da nuca; pela face posterior das pernas, podes alongar a região lombar. Podes oferecer um contato firme e tranquilizador a teus músculos com uma dessas bolinhas que costumo utilizar no meu trabalho. Começa com o lado direito do corpo; desse modo, teu cérebro esquerdo – que comanda o lado direito – se acostuma também a perceber as sensações de teu corpo.

Não estarás fazendo trabalhar apenas os músculos da barriga. O trabalho é bem mais amplo: leva à união de todas as fibras de tua musculatura, para que ela trabalhe para ti e não contra ti. Liberas a respiração, porque o diafragma está intimamente ligado aos músculos das costas. Logo adiante vou explicar isso. Chegas à graça natural de todos os teus gestos, à forma perfeita de teu corpo.

Movimento nº 9, p. 146 e 147.

Sexto Mês

• **25 de março**

Hoje é o dia de meu aniversário, faço trinta anos. Mas podia estar fazendo cinco ou seis, ou menos ainda. Minha percepção das coisas voltou à infância, ao tempo em que eu era bebê. Quando um cheiro agradável e calmante, como o odor de minha mãe, me dilatava as narinas de prazer. Quando o calor me fazia engasgar, quando um golpe de ar deixava meu corpo gelado e o barulho me fazia estremecer. Meus sentidos de bebê, tenros, tinham uma acuidade que perdi bem depressa. Conforme fui crescendo, eles ficaram embotados, contidos, educados. O convívio social me ensinou que pegar com a mão era sujo, que fungar era falta de educação. Coisa primitiva. Aprendi a olhar. A visão, sentido racional, tornou-se meu sentido predominante.

Mas, agora, meu estado de mulher grávida apaga trinta anos de aprendizagem do uso correto dos sentidos. Eu me flagro aspirando, farejando. Numa mistura de prazer-desprazer, alguns cheiros me extasiam, outros me enjoam. O olfato passou a ser meu guia: é ele, em vez da visão, que me informa, me consola ou desorienta. Quando olho, não chego a ver; aliás, a vista fraqueja, como se os olhos não quisessem ir além da minha barriga. Meus ouvidos tornaram-se exigentes. Já não aguentam os sons muito fortes. Será que é porque sei que não estou sozinha nessa escuta? Meu bebê já tem o ouvido aguçado, reage aos sons violentos dando uns bons pinotes. Meu paladar também ficou estranhamente seletivo. Adoro certos alimentos, sobretudo frutas; outros me dão ânsias. Quando como, lembro-me de meu hóspede. O sabor de minha comida passa para o líquido amniótico que ele suga, engole e inspira. O paladar dele está se formando, aprende a conhecer e a gostar do que eu gosto.

THÉRÈSE
É costume dizer que a mulher grávida regride; nada mau se, para ela, regredir significa voltar no tempo e reencontrar a vivacidade de seus sentidos. O nascimento da criança é um novo nascimento para a mãe, um conascimento*. Já se registraram casos de mães deprimidas, doentes, que, de olhar fixo nos olhos de seu recém-nascido, voltaram a viver. De fato, todo recém-nascido é capaz de despertar na mãe regiões até então adormecidas, às quais ela nunca tivera acesso.

Reencontrar sentidos mais despertos e aguçados é, para a mulher, uma preparação ao nascimento que vem de dentro, ensinada pelo próprio corpo, ditada por seu sistema nervoso. De todas, é a preparação mais natural, mas tão discreta que, às vezes, nem dá para perceber seus sinais miúdos e frágeis. Não vem descrita em nenhum manual de obstetrícia. Quando os percebem, certas mulheres ficam atrapalhadas e consideram um contrassenso as mensagens exatas de seus sentidos.

A natureza que faz tanta coisa para dar a vida, que organiza tão bem a fusão das duas primeiras células macho e fêmea, a secreção de todas as substâncias vitais para o embrião, suas transformações, sua maturidade, e tudo isso com grande meticulosidade, quer fazer ainda mais. Coloca no corpo da mulher uma segurança suplementar, uma proteção. Modifica-lhe as percepções sensoriais e emocionais, para que a criança em projeto amadureça com serenidade. Decerto isso deve vir de muito longe, dos primórdios da humanidade.

....

* No original, *co-naissance*, que permite o jogo de sentido com o homófono *connaissance*, cujo significado é "conhecimento". (N. T.)

Era preciso defender-se, ter o instinto de sobrevivência, todos os sentidos a postos. O ruído de folhas pisadas podia ser indício de um predador, era preciso ter o ouvido alerta; e o nariz também, para ninguém se envenenar com uma planta da floresta e, assim, aniquilar toda a futura descendência; o tato das patas rugosas precisava ser mais delicado, para abraçar o filhote quando ele viesse se aninhar. Se tua visão ficou mais fraca, deve ser uma proteção arcaica que te obriga a limitar os passos. Já não precisas percorrer a floresta em busca de caça e de alimento e, por isso, não precisas limitar o olhar para diminuir as andanças. As representantes do gênero humano já não precisam parir no fundo de uma caverna, e seus recém-nascidos não correm o risco de serem devorados por animais carnívoros; o alimento que elas compram no supermercado é, em princípio, não tóxico: basta que leiam as etiquetas e podem dispensar o olfato. Entretanto, fica-nos no fundo do corpo esse impulso dos sentidos, mais ágeis à medida que diminui nossa mobilidade.

Arcaísmo que nada tem de lamentável. Se a visão é menos penetrante, o olhar torna-se mais carinhoso. Menos totalitária, a visão cede sua esmagadora preponderância (oitenta por cento de nossas percepções sensoriais são habitualmente percepções visuais) aos outros sentidos. À audição, por exemplo. Mais aguçado, o ouvido torna a voz mais calorosa. As vibrações das vozes, da música, chegam a ti na íntegra, e não amputadas de algumas de suas modulações, como acontece com a maioria das pessoas. Essas vibrações estimulam teu sistema nervoso, fornecem-te energia. As modulações que teu ouvido percebe podem ser reproduzidas com facilidade por tua voz. A voz muda nesse período, e teu bebê, através do líquido amniótico, pode ouvi-la calorosa e serena, ela o acalenta e lhe faz bem. Quase sempre a mulher grávida fica com a voz mais potente, e certas cantoras atingem, na gestação, desempenhos mais esplendorosos do que nunca. É uma questão de ouvido mais atilado e de porte de cabeça mais elegante.

O sentido do tato está em todo o nosso corpo, e não apenas na ponta dos dedos, como se imagina. O órgão do tato nos envolve completamente, em todas as partes em que nossa pele vive e respira. A gestante tem, em geral, a pele brilhante, sinal externo da saúde de seu sentido do tato. Teu invólucro de pele torna-se sedoso para acalmar as saudades do recém-nascido, arrancado à tepidez de seu universo líquido. Ela se torna mais receptiva às vibrações sonoras que te cercam. Tua pele escuta e ouve.

Nossa voz não é apenas a emissão das cordas vocais, mas é a emissão de todo o nosso corpo. Costumam dizer que os olhos são o espelho da alma. Nossa voz nos traduz e nos trai, corpo e alma. Ela deixa ouvir nossos estados de alma – não apenas as emoções momentâneas, mas as profundas, que formam nosso caráter – e o estado de nosso corpo. Se certas zonas do corpo estiverem rígidas e bloqueadas, não conseguem vibrar ao som de nossa voz. Certas pessoas só conseguem falar entredentes, e outras só falam com a garganta; o som de suas vozes para aí, nenhuma outra parte do corpo lhe faz eco. Mas, se os músculos de tuas costas – os dominantes – estão flexíveis, tua voz vibra ao longo da coluna vertebral e faz cantar o corpo inteiro. Costas, barriga, pescoço, diafragma, rosto, coração, sexo: cada uma das partes de nosso corpo pode cantar como cantam juntos todos os instrumentos de uma orquestra. Por que a voz da mulher grávida fica diferente? Porque a posição de sua coluna vertebral se modifica. Os músculos posteriores do corpo são solidários, estás lembrada. Da nuca aos calcanhares, eles reagem como um único e grande músculo. Quando ficas grávida, a região lombar se arqueia, e a barriga se projeta irresistivelmente. Os músculos de tuas costas e da região lombar são praticamente os únicos a promover o bebê; com ou sem gravidez, faz parte da natureza deles sempre querer interferir em todos os nossos movimentos. Desse modo, eles se contraem mais ainda na região lombar. Tal contração na base das costas tem a vantagem de liberar a nuca de suas costumeiras contrações. Se a nuca não estiver contraída, pode alongar-se. E, desse modo, que sorte para a tua voz! A laringe, que deixa de ser empurrada para a frente, pode achegar-se à coluna cervical, e o som das cordas vocais faz vibrar tuas vértebras e todo o teu corpo, até onde a flexibilidade dos músculos o permitir. Com toda a sua pele e seus ouvidos, o bebê está à escuta das vibrações benfazejas de tua voz; ela nutre seu sistema nervoso, seu cérebro, seus sentidos e sua memória tanto quanto as substâncias da placenta.

Movimento n⁰ 10, nuca e voz, p. 147 a 149.

- **2 de abril**

É domingo. Sentada à sombra de uma cerejeira, ergo a cabeça, o céu está azul, o vento balança devagar os galhos da árvore. Faz um pouco de frio. Minha barriga dura e redonda empina a minha camiseta. De uns dias para cá, tudo mudou. Eu vivia com os olhos e o nariz colados na vigia do meu ventre, o olhar sempre esbarrando neste meu recinto fechado, minha fortificação materna. Agora, estou largando as amarras. Sinto-me como passagem, trilha cheia de vegetação, riacho piscoso, oceano amniótico. Ele vai sair, isso é uma certeza prazerosa. Levanto-me, e minha cabeça roça nos galhos mais baixos. É uma expedição incrível.

- **4 de abril**

Parto. Em sentido figurado, o dicionário *Petit Robert* o define como "elaboração árdua, difícil". Em sentido próprio, o que é? Leio as páginas sobre "preparação para o parto" dos manuais de gravidez. Meus olhos pulam de um para outro método: sofrologia, ioga, haptonomia, piscina, canto, parto sem dor. Há para todos os gostos. Cabe perguntar se é um método ou uma mulher que dá à luz!

Talvez valha a pena ir além dessas linhas lidas sem muita convicção? Inscrevi-me no curso de preparação para o parto, organizado pelo pré-natal. Hoje é a primeira aula. Tento os exercícios de "relaxamento"; aperte-solte! aperte-solte! O cheiro de suor e de mofo que os tapetes do chão exalam me lembra as aulas de ginástica no colégio. Depois temos uma aula teórica sobre o parto. É uma médica que dá a aula. Sentamo-nos em cadeiras dispostas em círculo. Faço força para prestar atenção, mas não consigo. Será o bebê-manequim desmontável, que a médica empurra numa velha bacia, a causa da minha fraca compreensão? Ou serão as outras mulheres? Algumas já estão com um barrigão enorme, dá para perceber que elas têm muita dificuldade em ficar sentadas naquelas cadeiras escolares. Não param quietas um instante. Algumas levantam o dedo para fazer perguntas. *"Como se pode ter certeza de que a bacia tem largura suficiente para deixar passar o bebê? O que se deve fazer se a bolsa arrebentar? Pode-se levar música para a sala de parto?"* Fico aliviada ao perceber que não sou a única em dúvida. Quando a aula termina, bem que eu gostaria de prosear com minhas "colegas", mas todo mundo vai embora depressa. É pena.

THÉRÈSE

É uma mulher ou é um método que dá à luz? Uma mulher, é claro, mulher que neste momento está vestida de vermelho. Mulher suave e flamejante, de porte soberbo. Mulher com perguntas e dúvidas, mais autênticas e serenas do que um otimismo artificial que traria, subjacente, a angústia silenciosa e cada vez mais profunda.

Algo muda em ti, em mim, entre nós. Lembro-me do dia em que, pela primeira vez, bem equilibrada nas tuas perninhas de bebê, largaste minha mão. Não sei ao certo se estavas com um ano ou um ano e três meses, mas me lembro bem de teus gritos de triunfo, e de meu espanto. Tenho a impressão de que uma força irresistível leva a ti e à criança. Largas minha mão, algo acontece conosco, continuamos próximas, mas o que eu podia te dar, já tens contigo agora e para sempre. Tua unidade está se constituindo e, junto com ela, tua autonomia. E a autonomia não consistirá apenas em integrar o próprio ser? Harmonizar o passado, que nos puxa para trás, com o presente, a fim de conseguir ficar firme de pé. Harmonizar as duas metades da própria musculatura: a arcaica, que fica em nossas costas, e a outra, que fica na frente, que não parece estar terminada, mas que carrega nossas preciosas aberturas para o mundo. Os olhos, a boca, as narinas, que são capazes de tomar e dar, de emitir e receber, e os ouvidos, que apenas recebem, mas que são capazes de se fechar, de não mais querer ouvir. E se a autonomia consistisse também em poder emitir e receber sem ter medo do que se carrega dentro de si, e sem ter medo de ferir-se?

Dar à luz é também emitir, pôr no mundo um ser vivo, tirá-lo do fundo do próprio corpo. Não se dá à luz apenas com o útero e o sexo; dá-se à luz com os olhos. As pulsações de nossa energia provêm do alto do corpo. Os olhos, ouvidos, nariz, boca, pescoço, diafragma, barriga, pélvis são outros tantos níveis pelos quais a energia consegue passar; e essas pulsações suaves e contínuas imprimem a teu corpo o ritmo natural da contração e descontração.

Mas, por vezes, os níveis são ciladas para a energia que aí se esgota; a primeira armadilha está nos olhos. Os músculos, os nervos, os tecidos dos olhos estão rígidos, incapazes de aceitar as vibrações de nossa própria energia. É uma velha história que começa quase sempre no momento de nossa chegada a este mundo. O que chega primeiro é nossa cabeça, ou melhor, é o mundo que nos cai na cara, após nove meses de imersão num claro-escuro tranquilo. Ficamos meio cegos, surdos e mesmo assim conseguimos. Há pessoas que parecem nunca se acostumar, e continuam a sentir medo de todas as passagens, de todos os encontros, como se estivessem sempre do outro lado, à espera durante toda a vida de que algo lhes aconteça, de que alguém as liberte.

Um feto com vinte e oito semanas já pode abrir as pálpebras; mais tarde, na hora do parto, o recém-nascido as fecha com força para proteger-se. Durante muito tempo acreditou-se que os bebês nasciam cegos; eles ficam ofuscados pelas luzes das salas de parto, mas não cegos.

Há pessoas que têm, agora, os olhos abertos para o mundo, mas o rejeitam; elas olham, mas não veem. Apenas uma imperceptível rigidez da testa, das têmporas, das pálpebras indica uma inibição dos músculos e um sofrimento tão secreto que nunca chegou ao nível da consciência. Que sofrimento? Não apenas o do ofuscamento dos olhos do primeiro instante, mas também o modo como elas foram recebidas, como foram olhadas e amamentadas. Seus olhos estão pregados num passado que poderia machucar se fosse feito algum movimento. Movimentar os olhos pode mexer com todos os tipos de sofrimento da primeira infância. Nem é preciso ter consciência disso: nosso sistema nervoso está atento e manda que os mantenhamos fixos para evitar o sofrimento. Mas, ao mesmo tempo, essa rigidez nos impede de fazer os primeiros movimentos que poderiam nos levar à cura.

Para a gestante, o trabalho com os olhos é tão importante quanto os movimentos da bacia. Se os olhos não se movimentam com liberdade, os níveis abaixo deles ficam privados de energia: a barriga e a pélvis têm os movimentos presos.

Em sentido inverso, se a parte inferior do corpo perder bruscamente sua energia, a parte superior começa a sofrer. Há anos, um amigo psiquiatra comentava que o estado de depressão pós-parto era mais frequente nas mulheres que haviam feito a peridural. O relaxamento artificial e brusco da pequena bacia altera o equilíbrio energético. A energia sobe subitamente para o alto do corpo que, atrapalhado, já não consegue superar a desordem. A depressão que atinge o psiquismo atinge o corpo, e bem concretamente, já que a superfície da cabeça fica dolorida; quem fica deprimido tem o contorno dos olhos e das têmporas congestionado, endurecido.

"Estou vendo, estou vendo", dizemos a toda hora e a respeito de tudo. Ver! Um terço de nossas vias nervosas são mesmo destinadas aos olhos, mas, talvez por sua extrema sensibilidade, eles estão quase sempre sem mobilidade. Os movimentos que proponho são muito simples, não podem fazer mal a ninguém. Se sentimos os olhos úmidos, devem ser lágrimas antigas, paradas há muito tempo na borda das pálpebras, obsoletas e sem motivo. É melhor deixá-las cair e, por meio delas, escoar serenamente o fluxo de energia que carrega a rigidez e a dor que temos atravessadas no corpo.

Na hora do parto, teus olhos estarão bem abertos; teu corpo será como um arco cuja corda corresponde ao olhar estendido de teus olhos à pélvis.

Movimento dos olhos nº 11, p. 149 e 150.

• **5 de abril**

As mulheres que acabam de dar à luz sempre falam de seu médico obstetra, e quase nunca da parteira. A tradição popular as considera muito ligadas ao parto, mas a realidade atual parece bem diferente. Durante os cursos de preparação para o parto, tive contato com algumas que nunca se referiram à sua função e, por isso, "parteira" era para mim apenas uma palavra. Até conhecer Paule Brung, hoje de manhã. Esta mulher, na casa dos sessenta, viva e simpática, logo me cativou.

PAULE   MEU ENCONTRO COM A ANTIGINÁSTICA

Eu não sabia que Thérèse tinha uma filha. Quando conheci Marie, fiquei espantada com a semelhança. Ambas têm o mesmo olhar, o mesmo jeito amável e decidido. O relacionamento mãe e filha me toca muitíssimo. Meu ofício é sempre uma história de mãe e filha. Dar a vida a uma criança é tornar-se mãe, e é também voltar a ser a filha de sua mãe. Todas as mulheres dão à luz pensando na própria mãe. Por vezes, é uma força; por vezes, um entrave. Tudo depende do relacionamento entre a mãe e a filha. Marie e Thérèse são muito chegadas, mas também muito pudicas, uma respeita a outra.

Conheci Thérèse no início da década de 1980. Uma parteira da maternidade onde eu trabalhava havia descoberto *O corpo tem suas razões*, o seu primeiro livro. Essa parteira fez com que toda a nossa equipe lesse o livro. Ficamos com vontade de conhecer Thérèse, de falar com ela. Do entusiasmo à iniciativa, conseguimos encontrá-la e participamos de seus grupos. No começo, era para nosso bem-estar pessoal, mas logo nos veio a ideia de integrar alguns de seus conhecimentos nos cursos de preparação para o parto assim como na hora do nascimento. Começamos a refazer juntas o que Thérèse nos ensinara.

Do nosso grupinho de parteiras, talvez eu fosse a mais reticente, até o dia em que, durante uma sessão, Thérèse nos pediu que, deitadas no chão, encostássemos bem a coluna, vértebra por vértebra, da nuca até o cóccix... Ela chamava a atenção para a bacia, para o que podia ser o movimento da bacia, como o percebíamos; foi então que compreendi que aquele tipo de trabalho podia ajudar muito as mulheres que eu preparava e acompanhava até o parto. Na maternidade, comecei a fazer um trabalho paralelo e deixei de lado alguns cursos tradicionais de preparação para o parto, que já não me agradavam tanto. Comecei a trabalhar o relaxamento dos olhos, da língua, do queixo, da cabeça, tal como Thérèse nos ensinara. Senti que as mulheres ficavam bem mais à vontade. Na época, era principalmente isso o que eu buscava: relaxar e suprimir o medo. Depois, percebi que a antiginástica podia ir além da supressão do medo: facilitar o parto. Comecei a pensar no trajeto do bebê que está para nascer, no estreito caminho que o traz ao mundo. Compreendi que a obstetrícia tradicional havia descrito minuciosamente todos os aspectos do percurso, os obstáculos musculares e ósseos a transpor, mas que ela nunca os havia observado juntos nem havia percebido como interagem uns com os outros. Foi o que fiz à luz do ensino de Thérèse, e compreendi que havia um jeito de favorecer o bebê com um trajeto mais direto, menos tortuoso. Comecei a dar indicações nesse sentido a minhas pacientes. Logo os partos ficaram mais rápidos, o que me entusiasmou e incentivou. Examinei as mulheres e constatei que os bebês estavam bem imersos na bacia. Eu estava na pista certa. A seguir, trabalhei a respiração, abandonando todos os exercícios clássicos. Os partos tornaram-se deveras fáceis e muito bonitos... O chefe da seção interessou-se. Tornei-me a parteira dos partos sem complicação. As episiotomias ficaram raras, os fórceps viraram exceção. Não ocorria mais cesariana por anomalia de encaixe ou de dilatação. De vez em quando, quem passava pelo corredor dava uma olhadela pela porta, intrigado com a calma reinante na sala, e saía murmurando: "É formidável!". Aos poucos, os estudantes de medicina já sabiam pelos colegas: os plantões com Paule não têm graça. Não dá para aprender nada, nenhuma episiotomia a costurar, nenhum fórceps para puxar, nenhuma complicação que sirva de treino para a gente! Havia quem dissesse: "Paule é uma artista!". Dava para perceber uma ponta de admiração, mas acima de tudo muita incompreensão.

• **6 de abril**

Por que Paule escolheu ser parteira? Seria por causa de sua velha vizinha e amiga que, segurando-lhe as mãos, afirmou: "Você tem mãos de parteira"? Paule tinha então cinco anos! Isso foi há mais de meio século. Nessa época, as crianças ainda eram trazidas pela cegonha. Quando Paule perguntou o que era uma parteira, sua mãe adiou a explicação para depois: "Quando você crescer, vai ficar sabendo...!". A pergunta sem resposta a intrigou por muito tempo. Aos dezoito anos, atraída pela medicina, fez um estágio num pequeno hospital de província. Queria refletir bem, antes de escolher um ramo da medicina ou da paramedicina. Foi lá que Paule assistiu ao primeiro parto. Não havia sala reservada para isso nem parteira: o médico interno dava plantão em todas as seções e fazia os partos sozinho. E foi então que Paule se decidiu: ia ser parteira. Aos dezenove anos, entrou na escola de parteiras de Bordeaux. Ao terminar os estudos, foi trabalhar num hospital particular em Paris. Naquela época as parteiras faziam todos os partos. O médico só era chamado em caso de cirurgia. Paule verificava o ritmo cardíaco do bebê pelo estetoscópio – não existia aparelho de monitorização – e controlava com a mão e o relógio a intensidade e a duração das contrações. "*Os partos eram muito longos, podiam durar dois ou três dias*, contou-me Paule, *as parteiras começavam a utilizar recursos químicos como a ocitocina para acelerar as contrações e os antiespasmódicos para relaxar o colo; nós encorajávamos as parturientes e as cercávamos de atenção e palavras apaziguadoras.*"

Em alguns hospitais, como aquele onde Paule trabalhava, as parteiras tinham de fazer tudo: os partos e os cuidados pós-parto; as mães se levantavam no oitavo dia e, no décimo, deixavam o hospital. Paule era também encarregada da higiene dos bebês e das mamadas; chegava até a servir as refeições às parturientes. Pouco a pouco, as maternidades melhoraram, explica Paule: pessoal da puericultura, atendentes e enfermeiras vieram juntar-se às parteiras, de acordo com as proporções do atendimento.

E um dia, no fim da década de 1950, falaram do método psicoprofilático, logo rebatizado de "parto sem dor". Em 1952, o Dr. Lamaze, diretor da maternidade da Casa de Saúde dos Metalúrgicos em que Paule trabalhava, fora à União Soviética, onde havia assistido ao parto silencioso de mulheres soviéticas, que não gritavam e aparentemente não sentiam dor. Para a época, era um fato revolucionário. Aliás, é a palavra adequada: esse método, inspirado na teoria do reflexo condicionado descrita por Ivan Pavlov, renegava todo o passado. Na União Soviética, começava uma nova vida muito promissora. As mulheres tinham o direito ao aborto e o dever de dar à luz sem gritar. Dizia-se que as "beatas" que pariam aos gritos deviam ser descartadas. As dores do parto eram uma invenção ancestral para manter a mulher sob opressão.

O Dr. Lamaze ficou fascinado: de retorno a Paris, ensinou o método do parto psicoprofilático. Consistia antes de tudo, e era a primeira vez que isso era feito, em contar às mulheres o que ocorria durante a gravidez e o parto. No decurso do trabalho, era-lhes explicado o apagamento do colo, a dilatação, o encaixe do bebê. Era um bom recurso para diminuir o medo que elas sentiam. Aprendiam a respirar de determinada forma, rápida e superficial, feito "cachorrinho". Também lhes era mostrado como eram constituídos seus órgãos genitais – o que irritou muitos ginecologistas. As mulheres deviam preparar-se bem: "O parto sem dor tem de ser merecido!" era o que se ouvia. Chegou-se até a alguns exageros. Em certas clínicas, foram atribuídas notas: ótimo, bom, regular... "*Havia uma pressão terrível*, explica Paule. *Ao mesmo tempo, eram ministrados muitos medicamentos: além dos antiespasmódicos e da ocitocina, eram receitados remédios para a dor.*"

Para que serve a ocitocina?

A ocitocina é um hormônio secretado pela hipófise, o qual provoca as contrações. Pode ocorrer que a parturiente receba, sob a forma de perfusão, ocitocina sintética, a fim de reforçar as contrações. É mesmo sistemático, quando a mulher recebe a peridural. Contudo, certos médicos consideram que a contração reforçada artificialmente através da ocitocina sintética pode ser prejudicial ao bebê.

Mas, um belo dia, como o muro de Berlim, tudo ruiu. Houve mulheres que ousaram dizer que não tinham gostado daquele parto chamado "sem dor". Falou-se de amestramento, de dominação da mulher. Enfim, era o inverso do que havia sido proclamado. Seja como for, o fato é que, graças ao parto sem dor, muitos tabus foram derrubados.

Depois, em 1973, Frédéric Leboyer publicou seu livro *Pour une naissance sans violence*. Deixou-se um pouco de lado a mãe e passou-se a olhar para o nascituro. Também ele sofre a violência do nascimento, escrevia Leboyer: luz forte demais nas salas de parto, barulho dos instrumentos e das vozes, agitação, cordão umbilical cortado muito depressa. O livro do Dr. Leboyer teve grande impacto, explicou-me Paule. "*Na maternidade parisiense da rua das Diaconesses onde trabalhei a partir de 1972, dávamos muita atenção às condições de recepção do bebê, e vários hospitais fizeram o mesmo.*"

Paule também estudou muito a questão da dor. Familiarizou-se com a acupuntura e a utilizou durante os partos. Segundo ela, isso aliviava muito as parturientes. Também aprendeu a massagear os pés. Mas ela pressentia que podia avançar ainda mais no trabalho sobre a dor, sem saber como, até o dia em que encontrou minha mãe.

• **9 de abril**

Paule voltou a minha casa hoje cedo e conversamos durante horas. Meus lábios formulavam porquês e comos sem parar. Eu queria saber e entender. Desta vez, Paule me falou do parto: eu tinha a impressão de estar ouvindo um romance policial de suspense, cheio de peripécias. Ela descreveu as primeiras contrações, sua função, o desenvolvimento do trabalho e, por fim, a pequena cabeça que desponta e o corpo que vem deslizando. O que Paule me contou, com palavras adequadas e serenas já acostumadas às perguntas desconexas das mulheres grávidas, palavras que desatam os medos e estabelecem a confiança, é de fato bem diferente do que pude ouvir ou ler sobre o nascimento. Eu havia lido e ouvido: "provação a ultrapassar", "você passa por isso e depois esquece"; Paule falou-me de meu corpo, feito para dar à luz. Dar a vida a um ser tornou-se um magnífico percurso iniciático. Ela me explicou como acompanhar meu bebê na hora do nascimento. Mostrou como movimentar-me para lhe tornar o caminho mais fácil, mais direto. Como relaxar meus músculos para deixar aberta a porta de minha bacia. "*O seu corpo deve consentir*, disse-me ela. *Se sua bacia for receptiva, o bebê passará com facilidade. É a via natural.*" Pôr uma criança no mundo voltou a ser o ato simples e natural para o qual o corpo da mulher foi naturalmente feito.

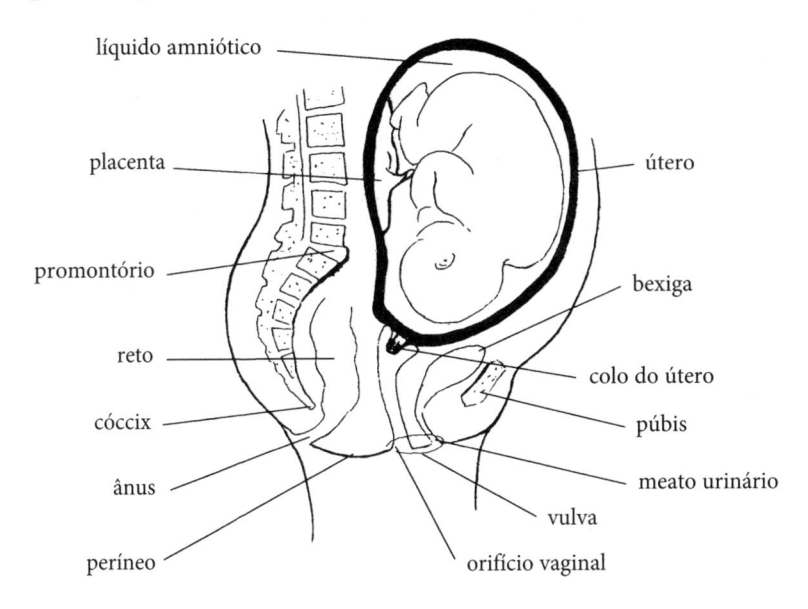

líquido amniótico

placenta

promontório

reto

cóccix

ânus

períneo

útero

bexiga

colo do útero

púbis

meato urinário

vulva

orifício vaginal

PAULE

JOGO DE MÚSCULOS

Dar à luz é apenas acompanhar o nascimento de seu bebê. É adaptar o corpo ao ritmo do nascimento, a fim de viver um momento único que prepara para a vida, a nossa vida. E se pensarmos que talvez seja o feto quem detona o sinal e ordena o nascimento! O ritmo do parto é dado por um músculo: o útero. Esse músculo cavo, no qual se encontra o bebê, se contrai e descontrai. A alternância não é comandada pela vontade da mãe: mesmo que ela quisesse, não o conseguiria. A musculatura lisa não recebe ordens, ao contrário da estriada, como os músculos abdominais ou os do períneo. O útero se contrai pela ação de duas substâncias hormonais: a ocitocina, secretada no fim da gravidez pela hipófise da mãe e do feto, e a prostaglandina produzida pelo próprio útero.

No decurso da gravidez, o útero se preparou cuidadosamente para esse jogo de contração-descontração: a barriga de repente endurece e depois volta ao seu jeito macio. O cansaço, o automóvel, as emoções violentas podem desencadear as contrações, que não costumam ser dolorosas. Pode ocorrer que a mamãe confunda uma contração com um movimento do bebê. Para não haver engano, é simples: a contração endurece toda a barriga, ao passo que um salto do bebê é muito mais localizado.

Durante a gravidez, a alternância contração-descontração é anárquica e aparece em ritmo espaçado. No fim da gravidez, as contrações podem durar horas e repetir-se nos dias seguintes, dando sempre a impressão de que o parto é iminente. Depois, elas desaparecem... para reaparecer no dia seguinte. Essas contrações prepa-

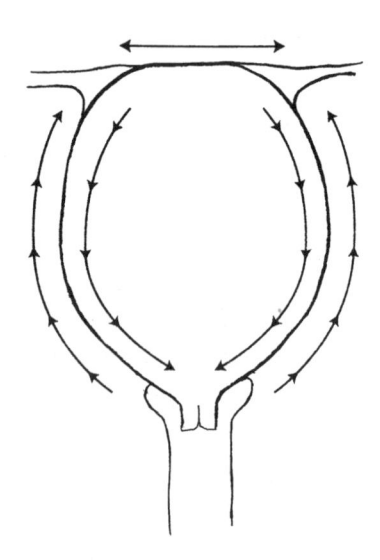

A contração uterina se dirige do fundo uterino
para o colo (flechas internas).

As flechas externas indicam a tração do colo em direção
ao fundo uterino para seu apagamento e dilatação.

A flecha do alto mostra a contração em seu ponto máximo,
que assim permanece por alguns segundos.

ram o colo do útero para o nascimento. Um dia, talvez você perceba que está perdendo uns líquidos viscosos e sanguinolentos. Impressionada, telefona para a maternidade e diz: estou sangrando! A parteira vai explicar que talvez seja a perda do tampão mucoso e pedirá que você vá fazer um exame. A perda desse tampão mucoso que obstrui o colo é o primeiro indício do processo de parto. As contrações começam e não param mais. Vão abrir progressivamente o colo que fecha o útero e empurrar o bebê para o túnel formado pela bacia, períneo e vulva.

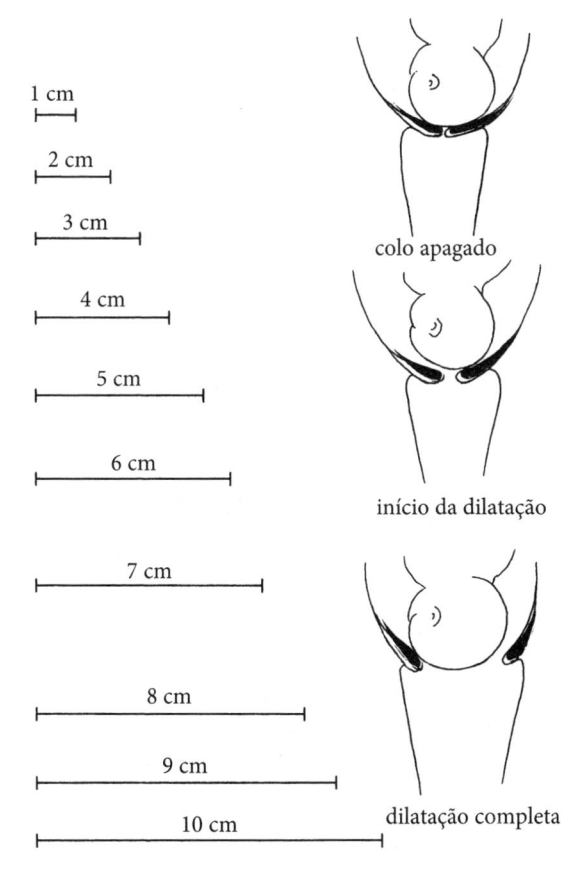

1 cm
2 cm
3 cm

colo apagado

4 cm
5 cm
6 cm

início da dilatação

7 cm
8 cm
9 cm
10 cm

dilatação completa

Progressão da dilatação do colo durante o trabalho de parto.

A entrada na dança ocorre com maior ou menor rapidez de acordo com a mulher e com o tipo de útero. Há duas fases: o trabalho preparatório chamado "pré-trabalho" e o verdadeiro trabalho. O pré-trabalho caracteriza-se por contrações irregulares, às vezes indolores, mais ou menos longas, mais ou menos espaçadas e de intensidade variável. Sob o efeito dessas contrações, o útero se recolhe, o fundo do útero é empurrado para baixo, ao passo que o colo, situado no fundo da vagina, é puxado para cima. Esse colo, que tem de três a quatro centímetros de comprimento nas mulheres que estão no primeiro parto, vai portanto se encurtar lentamente até desaparecer; diz-se que ele se apaga, ficando mais ou menos fechado ao orifício interno.

Mas tem mais. Empurrada pelas contrações, a cabeça do bebê vai apoiar-se no colo e entrar em contato com a bacia. A cada contração, a cabeça avança, e recua assim que passa a contração, até o momento em que ela fica parada, pronta para o encaixe.

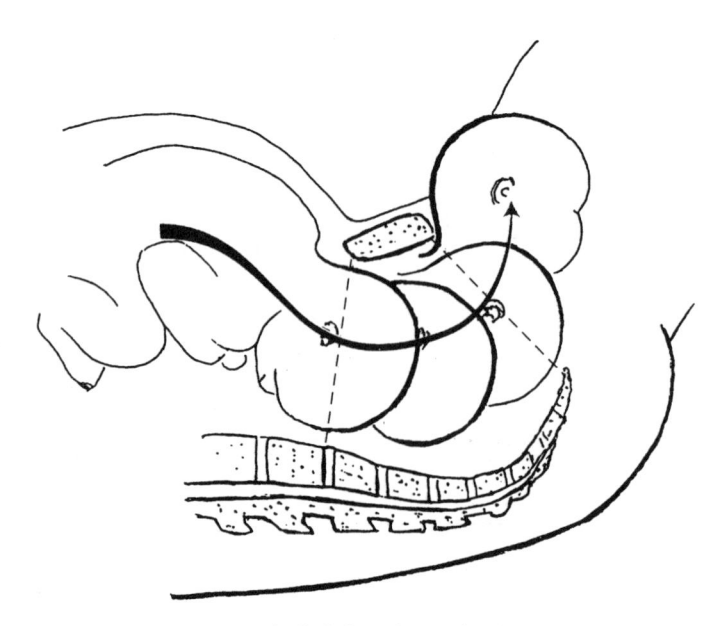

Descida do bebê pelo canal pélvico.

Somente quando o colo está completamente apagado e a cabeça do bebê afunda, embora ainda possa voltar atrás, é que começa o verdadeiro trabalho, isto é, a dilatação do colo. Nas mulheres que já tiveram um parto, o colo quase sempre desaparece ao mesmo tempo em que se abre, processo que redunda num nascimento mais rápido.

O verdadeiro trabalho é uma fase muito intensa. As contrações tornam-se regulares, às vezes ainda espaçadas, às vezes muito próximas, depende de cada mulher. Em geral, as contrações começam com intervalos de quinze minutos, depois dez, cinco, três e, por fim, aparecem a cada minuto. O intervalo entre duas contrações vai portanto diminuindo. As contrações tornam-se também cada vez mais prolongadas – vinte, trinta, quarenta segundos – e chegam a sessenta e a oitenta segundos no fim do trabalho. A cada contração, o colo se abre. A dilatação se processa de um a dez centímetros. Quando o colo está completamente dilatado, sua abertura tem dez centímetros.

As contrações uterinas também provocam o aumento da pressão do líquido amniótico no qual o bebê ainda está imerso. Se as membranas que cercam e protegem o bebê ainda não se romperam, forma-se um pequeno balão que se insinua no colo: é a bolsa de água. Essa bolsa funciona como dilatador, e sua pressão ajuda o colo a se abrir. Serve também para proteger o bebê contra as infecções microbianas. Sua ruptura provoca um aumento de contrações, mais fortes, mais seguidas. A cabeça do bebê substitui então a bolsa de água, mergulha na bacia e se encaixa para participar da dilatação completa do colo. O parto chega à terceira fase: a expulsão. O bebê, encaixado na bacia, vai sair. Para tal, ele deve transpor os músculos do períneo, da vagina e da vulva. Ele começa virando a cabeça para a direita ou para a esquerda e a inclina para baixo. Por que faz tanta coisa? Porque é mais fácil! A bacia é feita de tal jeito que é mais fácil transpor sua entrada numa linha oblíqua, o espaço fica maior. Depois de entrar na bacia da mãe, a criança prossegue seu caminho. O avanço é lento: a bacia é forrada de músculos muito fechados: os músculos do

> **O que é o períneo?**
>
> O períneo é um músculo importante. É com ele que o bebê se defrontará quando for empurrado pelo útero, que o quer expulsar. O períneo é formado por um conjunto de músculos que constituem o assoalho da bacia e estende-se do ânus às partes genitais. Apresenta, portanto, três orifícios: uretra, vagina e ânus. Sofre fortes pressões no momento do nascimento por causa da passagem da cabeça do bebê. É por isso que é tão importante aprender a relaxá-lo: quando flexível, ele participa de modo positivo da passagem do bebê, que procura descer e sair das vias genitais.
>
> clitóris
> meato urinário
> orifício vaginal
> ânus

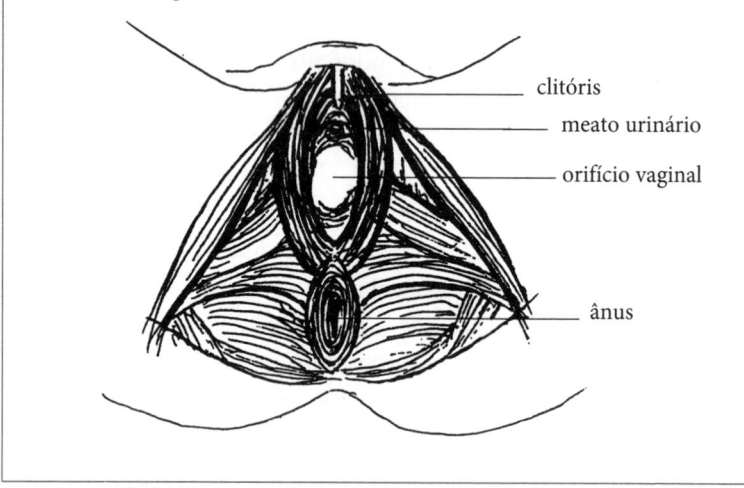

períneo. Se estes estiverem contraídos, o caminho será longo. E, depois de percorrer esse túnel, o bebê precisa sair. Para isso, tem de terminar a rotação da cabeça. Ele a havia inclinado para transpor a entrada da bacia; agora ele a ergue para transpor a saída do estreito inferior, articulando a nuca com o púbis.

Começa então a surgir a cabeça, uma pequena bola de cabelos, o occipício na frente. Deixa-se que ela saia suavemente, com ternura. Aparece o rosto, a cabeça um pouco virada. Um ombro se liberta, depois o outro. A mãe pode estender as mãos para pegar o bebê, que vem naturalmente e desliza devagar para fora. A parteira ajuda-o um pouco, pega-o por baixo dos braços, tira-o todo do corpo da mãe. Tudo se acalma. É comovente e muito simples. A mãe coloca o bebê sobre a barriga, pele junto à pele. Ele está melado, molhado, ela o acaricia, olha para ele e lhe fala. Ele segura a mãe pela cintura, escuta o batimento tão conhecido e tranquilizador de seu coração. Às vezes, ele esboça uns movimentos de reptação e há bebês que procuram o seio.

Chega a hora do delivramento. Como o útero se retrai após a saída do bebê, ele está na altura do umbigo. Se o bebê suga, a placenta se descola mais depressa e com muito menos risco de hemorragia. O médico ou a parteira podem tirá-la, trazê-la para fora da vulva, com uma mão apoiada no fundo do útero e a outra segurando o cordão.

• **10 de abril**

Que roteiro! É fascinante. Eu sabia que o nascimento era cansativo para a mãe, mas não sabia que o bebê também tinha um trabalhão para sair. E tudo isso sem ensaio... Como há ainda gente que acha que os bebês são frágeis? Nascer exige uma resistência e perseverança de atleta!

PAULE

UM CAMINHO TORTUOSO

Todo mundo é unânime a respeito desse roteiro tradicional do nascimento. Mas o trabalho que fiz com Thérèse e tantos anos de prática e observação me levaram a "ver" muitas outras coisas no desenrolar dos acontecimentos. Para sair do útero, o bebê deve transpor a bacia materna. Os obstáculos são inúmeros, cheguei a fazer um levantamento. Mas a principal dificuldade é evidente. É incrível, mas infelizmente as evidências nem sempre são vistas! É como quando se quer ocultar um tesouro: o melhor esconderijo é sempre o lugar mais à vista, em cima da mesa da sala, por exemplo! Quando percebi essa evidência, todas as outras dificuldades tornaram-se menores e superáveis. A principal dificuldade para o bebê a caminho do mundo externo é o fato de o trajeto não ser retilíneo. O bebê deve descer e depois subir. Por quê? Porque ele segue o arqueamento lombar da mãe. Esse arqueamento materno é um nó. Qual é a causa? Muitas mulheres (e homens também) têm a parte inferior das costas arqueada, e as mulheres grávidas mais ainda, porque o peso do bebê empurra a barriga para a frente. O fato de se arquear – ou empinar, como fazem os cavalos – também é uma forma conhecida de reação à dor. Na hora das contrações, vi mães que se arqueavam ainda mais. A imagem tradicional da mulher que sente dor: punhos cerrados, olhos fechados, costas cavadas, o peso do corpo dividido entre as nádegas e os ombros. Essa lordose obriga o bebê a seguir um caminho muito tortuoso: ele não está no eixo da descida.

O pior de tudo é que a passagem não é apenas angulosa, mas torna-se mais estreita. O que acontece? O "promontório", que é a parte da coluna vertebral situada na junção do sacro com as últimas vértebras lombares, se aproxima do osso do púbis. O resultado é imediato: a entrada do canal pélvico diminui. A cabeça do bebê pode até esbarrar nesse promontório e, por isso, ter dificuldade de entrar na bacia. O trabalho torna-se longo e doloroso para a mãe e para o bebê.

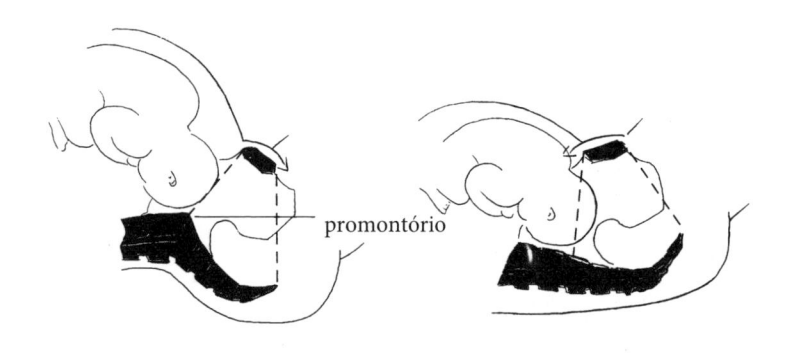

O promontório se aproxima do púbis e diminui a entrada do canal pélvico.

O púbis, ao se aproximar do umbigo, aumenta a entrada do canal pélvico, afasta o promontório e facilita, assim, o encaixe da cabeça.

Constatei, porém, que basta suprimir o arqueamento para chegar à linha reta e permitir que o bebê mergulhe direto para a saída. Aproximando-se o púbis do umbigo, a bacia é forçada a tornar-se acolhedora e ir ao encontro do bebê. O espaço abdominal no qual se situa o útero diminui, e ao bebê só resta um lugar: a saída. Por consequência, a partir do instante em que a bacia vem para a frente, o bebê só tem que mergulhar.

Mas não é nada fácil desfazer uma lordose. Não basta sentar a pessoa ou pô-la em posição semideitada. Às vezes, quando peço à mulher que movimente a bacia para diminuir o arqueamento, ela levanta as nádegas. No hospital, alguns médicos acham que basta pôr a mulher sentada ou de cócoras para que a lordose desapareça. Por isso, fazem o parto em posição semissentada. Mas de que adianta, se elas continuam arqueadas? Peço às mulheres que, em casa, façam o exercício de mexer com a bacia, para que estejam preparadas no dia do parto. É muito importante que esse movimento se torne fácil e natural. Que se torne um reflexo, como o ato de afivelar o cinto de segurança no carro!

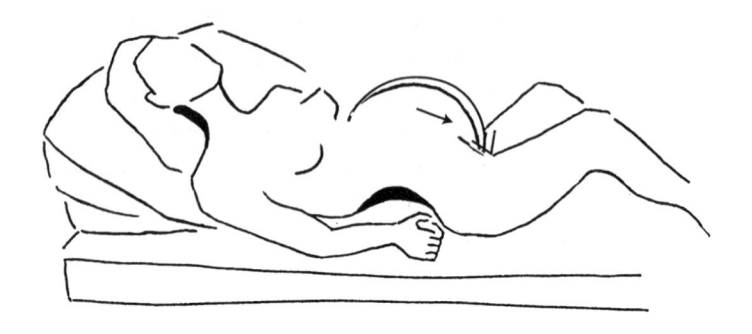

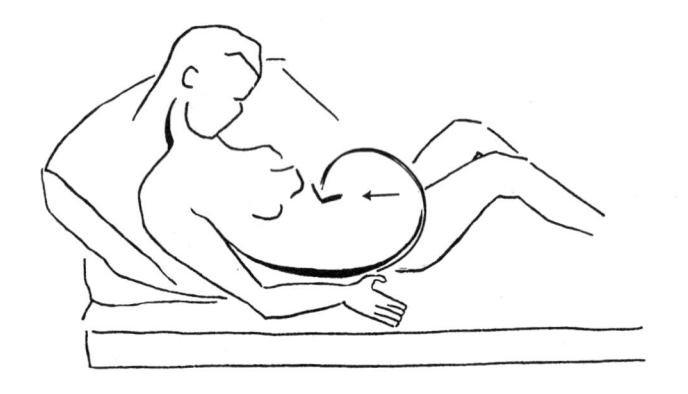

THÉRÈSE   Tu dás à luz com a pele, com todos os órgãos e músculos; quero, no entanto, falar de três parceiros que têm um papel determinante nesse momento. Ninguém dá atenção a eles, porque a grande preocupação é com as contrações do útero; mas o útero, como sabes, não está isolado no meio do corpo, depende estreitamente dos vizinhos. Esses vizinhos estão mancomunados com a musculatura posterior do corpo, o que não é de admirar, já que esta prevalece e impõe sua marca em todas as circunstâncias. O parto, esse longo e forte movimento de todo o corpo, não escapa à sua autoridade.

Sem o acordo dos músculos dominantes, nada pode ser feito com facilidade. Felizmente, seu consentimento não é difícil de ser obtido. Tudo o que eles querem é ser reconhecidos como mestres absolutos de todos os nossos movimentos.

O diafragma, vital na hora do parto, é um de seus parceiros. Também ele depende da musculatura posterior. "Não sei respirar", costumam dizer as pessoas. A respiração é uma função natural como a circulação do sangue ou o crescimento dos cabelos, não é um ato voluntário. Se a respiração se bloqueia – reconheço que ela costuma se bloquear por vários motivos de ordem íntima –, é por meio dos músculos das costas, dos maxilares e da nuca que ela pode ser restabelecida. O diafragma prende-se transversalmente ao corpo, separando e unindo a parte superior e a inferior. Ele se prende, entre outros, à coluna vertebral, da décima segunda à terceira vértebra dorsal, e muitas vezes à quarta vértebra lombar. Isto é, da cintura ao fundo das costas. É aí que, misturando suas fibras às dos músculos traseiros da coluna vertebral, o diafragma se torna vassalo deles. Sua posição central engana: tem-se a impressão de que ele tem plenos poderes e, de fato, ele está sob constante influência. Não é a ele que devemos nos dirigir diretamente para tornar a respiração mais livre. Uma parte de seus nervos vem de nosso sistema nervoso simpático, o sistema involuntário. Além disso, ele está sob a influência da nuca porque foi aí que começou sua existência, e alguns de seus nervos nascem entre as vértebras cervicais; no momento em que nos formamos como embrião, o esboço do diafragma se encontra no pescoço; só depois é que ele migra para baixo, levando consigo seus nervos e vasos.

Quando o diafragma se bloqueia, é sempre na inspiração; a expiração seguinte fica sempre incompleta e os pulmões cheios de ar, ao passo que as costas arqueadas impedem qualquer movimento do diafragma. É desagradável em qualquer momento da vida e insuportável para quem está dando à luz. É exatamente o que impede a saída natural do recém-nascido. Por isso é preciso combinar o trabalho da região lombar, que alonga os músculos e libera os movimentos do diafragma, com, é claro, o trabalho dos maxilares, que libera a abertura da vagina. Aliás, o diafragma tem um homólogo no corpo, um irmãozinho, também transversal ao corpo: é o períneo. Um não se mexe sem o outro. A mobilidade do diafragma permite a mobilidade do períneo. A mobilidade da musculatura das costas permite a mobilidade do diafragma. Uma sociedade com leis e costumes firmados desde a noite dos tempos, na qual não se entra ilegalmente.

A face interna das coxas com seus músculos fortes é um outro parceiro. Músculos fortes num lugar que dá a impressão de fraqueza. Eles são revestidos de tecidos delicados, e a pele é bem fina entre as coxas, mas é como mão de ferro em luva de veludo. Presos aos ossos do púbis, cercando o sexo, eles são espessos, fibrosos, se enrolam em volta das coxas e acabam se prendendo atrás, nos ossos do fêmur.

São chamados de "adutores", porque têm a função de cerrar as coxas para dentro, uma junto à outra. Outrora, eram chamados músculos da virgindade. Naturalmente, formam um time com a musculatura posterior. Se eles se alongam, os músculos lombares se contraem. Se afastas as coxas, os músculos do interior das coxas se alongam, mas a parte inferior das costas se arqueia. Se a parte inferior das costas se arqueia, o "promontório" se projeta. O promontório – a borda superior do sacro – é o obstáculo a ser evitado pelo bebê, que navega com a cabeça à frente, em direção à saída. Mas como dar à luz sem afastar as coxas? Poderia ocorrer a ideia de que nesse ponto a natureza é malfeita e que, depois de ter preparado tudo, ela depara no fim com um obstáculo imprevisto. Os outros mamíferos não afastam as patas para parir. Talvez seja um resquício de nossa animalidade que não teve tempo de se ajustar à nova condição de bípede. Logo, é preciso dar à luz com os atributos de nossa espécie, isto é, com a inteligência que nos ajuda a observar e compreender. É preciso alongar a região lombar e tornar flexíveis os músculos da face interna das coxas. Mas isso não significa forçar o afastamento das coxas, no intuito de alongar os músculos adutores. Sua linguagem é mais sutil.

Os problemas de "ciática" estão ligados à posição das coxas afastadas. O nervo ciático, que é grosso como um polegar, encontra-se comprimido pela pressão dos músculos contraídos da região lombar. É claro que, quanto mais as coxas estão afastadas, mais a região lombar fica comprimida. A posição sentada no chão como Buda, as pernas em X, não tem nenhuma das virtudes que lhe são atribuídas.

Movimento nº 12 para alongar os músculos das coxas e da região lombar, p. 150 a 152.

Há mulheres que chegam a falar de parto "pelos rins", porque sentem na região lombar dores mais fortes do que em qualquer outro ponto do corpo. A região lombar é o território dos músculos dominantes: é o lugar onde eles são mais potentes, porque fibras que vêm da nuca e que vêm das costas aí se cruzam, se recobrem e se reforçam. Têm tanta força que querem mandar no parto. Tomam conta de movimentos do corpo com os quais não têm nada a ver. Sua função deveria ser a de alongar-se, de estirar-se docilmente para deixar o útero agir. Mas nada disso... Fazer o quê? Antes do parto, prepará-los para ficarem quietos, ensinar-lhes a serenidade, o alongamento.

• **11 de abril**

"*Respire com a vulva*", disse-me Paule hoje cedo. Fiquei meio espantada. Não sabia que se pode respirar por esse lugar... "*É uma comparação*, explicou Paule rindo, *mas corresponde a uma sensação real*." De fato, é um recurso fantástico para relaxar os músculos da bacia.

PAULE

O relaxamento da bacia

Mesmo que o bebê esteja com o caminho livre, para descer ele precisa encontrar descontraídos os músculos da bacia pela qual tem de passar. Distender os músculos do períneo, que nem se sabe bem onde ficam, não é brincadeira. Consegui ótimos resultados por meio do trabalho com a língua e os maxilares, tal como Thérèse indicou. Observei também que uma respiração apropriada ajuda muito a relaxar. Peço às gestantes que respirem com a vulva! A expressão já provocou riso em mais de um médico, houve até quem pensasse que eu estava zombando deles! Minhas pacientes, porém, sempre confiaram em mim: é uma coisa que precisa ser sentida! Fique em pé ou deite-se com a cabeça e os ombros recostados em travesseiros. A nuca deve ficar bem alongada, e a coluna também. Se você estiver semissentada, conserve a coluna bem apoiada na cama. Ao inspirar, imagine que o ar entra pelos seus pés, sobe pelas pernas e pela coluna vertebral. Na expiração, relaxe a nuca e solte o ar pela vulva, mas sem fazer força. No momento em que o ar sai, o púbis avança naturalmente para o umbigo, como se a vulva olhasse para o teto.

No início da contração, respire com suavidade, apenas um fio de ar, para não se cansar; aliás, não adianta soprar com força, isso não ajuda nada. Não encha as bochechas como Louis Armstrong! Ao contrário, respire com a boca aberta e os maxilares relaxados. A respiração deve ser uma resposta à intensidade da contração: durante uma pequena contração, respire de leve; durante uma contração mais forte, respire profundamente.

Não é preciso pressa para retomar a respiração. Só inspire de novo quando o corpo reclamar. Em geral, são cinco respirações para uma contração de sessenta segundos, mas isso depende da capacidade respiratória de cada mulher. No fim do parto, quando as contrações tornam-se fortes, respire com mais força. No momento em que você mexe a bacia, pode sentir uma ligeira contração dos abdominais: não é mau sinal, pois isso reforça a eficácia das contrações. A respiração pela vulva não tem nada a ver com a de tipo "cachorrinho", cujo objetivo era desviar a atenção das mulheres. Não é o que pretendo. Ao inverso, acho que a mulher precisa estar muito concentrada no que faz no momento do parto. Lembro-me de uma paciente que era trapezista. Ela não se distraiu um só instante de seu processo de parto, que foi bem rápido.

Costumo pensar nos bebês entalados entre duas forças contraditórias: de um lado, o útero que se contrai feito um doido para abrir o colo; do outro, os músculos da bacia que se retraem com a dor. Resultado: empate. As contrações não serviram para nada, e o trabalho dura horas porque o útero deve redobrar o esforço. É exaustivo e doloroso. Para que a contração tenha eficácia, o colo precisa estar relaxado. Todas as mulheres a quem ensinei a respirar com a vulva obtiveram esse precioso relaxamento. Muitas vezes fiz minhas pacientes tentarem essa experiência quando vinham à consulta. Há quem não suporte os exames vaginais e os espéculos, tenha medo e reaja contraindo-se. É normal. Não se deve ter pressa quando se examina uma mulher. No hospital, os médicos se habituaram a me mandar as pacientes que eles não conseguiam examinar. Eu as ensinava a respirar com a vulva ou a alargar a língua na boca, de acordo com as explicações de Thérèse, a fim de que elas conseguissem relaxar a vulva e o períneo.

Durante o parto, todas as mulheres a quem pedi que respirassem com a vulva e alargassem a língua chegaram à dilatação completa do colo em menos de seis horas, às vezes três ou quatro, ao invés das doze horas habituais nas primíparas. Como os músculos estão relaxados, cada contração tem efeito. Deixa de haver força contrária para se opor ao trabalho do útero. Há quem diga às parturientes em processo de parto: leia um livro, tome um banho, dê uma volta. Não acho que seja uma boa ideia. Prefiro pedir-lhes que

> **O que pode fazer o pai durante o parto?**
>
> Houve uma época em que os pais eram proibidos de entrar na sala de parto; em compensação, hoje, talvez estejam sendo obrigados a assistir a um acontecimento no qual não passam de espectador forçado. Mesmo assim, se isso não lhes causar angústia, sua presença pode ser positiva e estimulante. Paule costuma pedir que o pai fique por trás da cabeça da mãe e coloque as mãos de leve sobre os ombros dela. Cada vez que ela retoma a respiração antes de uma contração, o pai, com uma pressão das mãos no momento em que ela solta o ar, pode ajudá-la a entrar de novo no ritmo do parto. A mãe terá assim um estímulo para se concentrar na contração. Algumas mulheres, porém, não gostam de ser tocadas nesse momento, mesmo que seja com amor. O pai deve estar atento a isso e afastar-se discretamente...

respirem com a vulva, o que as leva a embalar o bebê por meio do movimento da bacia, que faz o púbis se aproximar devagar da barriga. As contrações são mais eficazes e, além disso, é um excelente modo de ir se habituando às contrações finais que são bem mais fortes e doloridas.

Já tive casos de mulheres prontas para serem submetidas a uma cesariana porque o trabalho, por falta de dilatação do colo, não avançava – e, junto delas, consegui fazer com que o parto fosse normal! Enquanto era preparada a sala de operação, eu ia perguntar-lhes se desejavam evitar a cesariana. A maioria ficava contentíssima de ter uma última chance de escapar à cirurgia. Ensinava-as a respirar com a vulva, elas relaxavam e davam à luz calmamente. Todas as que eu atendi por anomalia de dilatação ou de encaixe evitaram a cesariana.

• **12 de abril**

Odile tem duas meninas. Nos dois partos, Paule esteve presente. Esses nascimentos estão entre as mais belas lembranças de Paule. Ela pediu a Odile que escrevesse umas notas sobre o nascimento das filhas. Constatei com surpresa que, embora os dois partos tenham sido rápidos e sem complicações, Odile conta duas histórias muito diferentes. Nenhum nascimento é igual a outro. A mãe pode ser a mesma, mas em cada parto ela pode estar com uma disposição diferente, e sobretudo... não é o mesmo bebê, e é isto que conta.

Odile conta o nascimento das filhas:

As primeiras palavras que me vêm à cabeça quando penso no nascimento de Mathilde, minha primeira filha, são "umas boas risadas". Um acontecimento que se passou entre risos... Tudo começou por volta das 23 horas, quando uma espécie de raio me atravessou o corpo. Logo pensei que, enfim, o trabalho de parto ia começar. Lembrada das palavras de Paule e do que eu havia lido, estava convencida de que era o início de um longo, e bem longo, processo. Eu repetia para mim mesma: "Nada de afobação, tem tempo...". Então fui tomar um banho, lavei a cabeça, arrumei umas coisas, avisei meu marido de que "algo" estava ocorrendo, mas que podíamos ir deitar e que no dia seguinte a gente tomava providências.
Pela uma da manhã, as contrações – parecia que era isso, mas seria mesmo? – tornaram-se mais intensas. Eu mantinha a respiração regular, como Paule me havia ensinado e ajudado a praticar várias vezes por dia nas últimas semanas.
Para mim, estava claro que o trabalho podia durar bastante, talvez até a tarde do dia seguinte. Instalei-me com toda a calma no sofá, com almofadas sob as pernas e a cabeça. A cada contração, eu inspirava profundamente e soltava o ar "seguindo" cada uma de minhas vértebras que, das cervicais até o sacro, encostavam-se uma a uma no assento do sofá. Concentrada nesse movimento, eu soltava os ombros, balançava a bacia. Por duas ou três vezes, senti dores parecidas com as que se tem em caso de diarreia.

Nessa hora, a posição sentada ou de cócoras – eu sempre muito concentrada no movimento de báscula da bacia – me dava alívio. De vez em quando, eu cochilava. A única coisa em que eu não deixava de pensar era na respiração, mas isso sem nervosismo nem ansiedade.

Às cinco da manhã, como a intensidade e a frequência das contrações pareciam aumentar, acordei meu marido e juntos cronometramos o lapso de tempo entre as contrações e a duração de cada uma. O intervalo era de cinco minutos, mas eu não queria ser precipitada... Vamos esperar! Às seis horas, meu marido resolveu avisar Paule, que veio logo e me examinou. Ela disse uma coisa muito engraçada: "Não vamos chamar a ambulância, porque não dá tempo". Havia uns minutos, eu estava sentindo um certo cansaço, câimbras nas pernas e arrepios. Meu marido deu-me um pouco de açúcar, o que me provocou vômito; bebi um copo de água e saímos. Eu tinha vontade de rir porque Paule, preocupada, me perguntava se eu estava sentindo a cabeça se movimentar na minha barriga; ora, por se tratar de meu primeiro parto, eu não tinha a mínima ideia de como seria essa sensação. No hospital, eu não quis saber de maca nem de elevador, que só de olhar me dava medo. Subi a pé até o primeiro andar.

Às 7h20 eu estava na sala de parto; às 7h40 Mathilde tinha nascido. Os últimos dez minutos do nascimento, na hora da expulsão, foram duros: por causa dessa força incrível que crescia no meu ventre, por causa dessa força que existia em mim, minha desconhecida! As pessoas em torno de mim me encorajavam, diziam que já estavam vendo a cabeça, que ela vinha depressa. Mas eu tive a impressão de que aquilo não ia acabar nunca e que eu não ia conseguir alento para continuar a respirar bem fundo, bem intenso.

E aí, de repente, puft! qual truta numa corredeira, qual lufada de vento num pano de seda. Acabou, tudo vai começar, a criança chegou.

Para Lise, a história foi outra. O nascimento de Lise foi "violento". Não uma violência negativa ou má. Embora seja esse o termo que me vem espontaneamente, não gosto dele porque estou impregnada dos "nascimentos sem violência" de Leboyer. Leboyer falava da violência do mundo exterior à mãe e ao bebê. Eu estou me referindo à força que faz nascer a criança. O nascimento de Lise durou três horas e vinte minutos. Eu queria que ela nascesse. Fazia calor, eu engordara muito, *havia trabalhado quase até o fim da gravidez. Uns cinco dias antes e na véspera do parto, pela manhã, eu sentira contrações, duas ou três, e mais nada... Paule veio me ver depois do almoço. Lá pelas seis da tarde, Mathilde não parava, cansada de ter uma mãe à espera de algo que não vinha e pouco disposta a brincar com ela. Foi para a casa de uma amiga, o que me deixou sossegada. Eu estava com medo de que Paule fosse embora achando que o parto ia ficar para o dia seguinte. Qual desses elementos foi o detonador? O fato é que uma contração fulgurante obrigou-me a deitar.*

Eu sentia uma força surpreendente, seguida de dor lancinante no plexo. Essa dor persistiu durante todo o parto, sem que eu soubesse se era decorrente do fato de o bebê ser muito grande, muito pesado ou de ter os pés em determinada posição. Ou simplesmente porque as contrações eram diferentes das que senti durante o primeiro parto.

O nascimento de Lise foi um momento extraordinário, no sentido etimológico da palavra: fora do que me era ordinário, fora de todo o meu campo de conhecimento.

Durante trinta minutos, vivi um formidável mergulho em mim mesma. A ponto de demonstrar um certo mau humor para com os que me cercavam. Essa imperiosa força que empurrava a criança para fora, era preciso que eu estivesse inteiramente nela, que eu a domasse por meio da respiração; por isso, as sugestões e as conversas na sala de parto me pareciam uma distração irritante. Essa força, esse arranco – deve- -se chamar de dor? Não é o termo que me ocorre à memória, mesmo se na hora eu tiver dito "dói" – tornava difícil o término da expiração; eu não conseguia bascular a bacia do modo como eu fazia durante "os exercícios". A presença de Paule me ajudou muito. No momento da contração mais intensa e ao final da expiração, ela pressionava com a mão aberta o meu osso pubiano, orientando de certa forma o movimento de báscula da bacia e liberando o ar que me restava nos pulmões. Assim, a criança podia "descer" bem depressa. Foi mesmo tão rápido que Lise quase nasceu no corredor, entre a sala de trabalho e a sala de parto. Mal me instalaram na mesa, num gesto impulsivo, ergui-me para "apanhar" nos braços o bebê que saiu de mim... Foi um instante indizível. Eis a minha experiência: dois nascimentos, dois momentos muito diferentes, que tiveram em comum a concentração, a rapidez e um tempo de recuperação muito curto. Isso me fez perceber que o "método" confirma sua eficácia em quaisquer circunstâncias! Se o primeiro parto foi fácil e divertido, o segundo contou com a respiração, o relaxamento e a concentração como excelentes meios de facilitar a chegada de Lise. É claro que podem objetar que só conheço um método de parto. Mas as conversas que tive a esse respeito com amigas confirmam a minha escolha. Seja como for, no parto de Lise, o trabalho transcorreu num espaço de tempo tão curto que o emprego da peridural não teria sido possível. De fato, acho que minha escolha é antes de tudo "filosófica". Pôr um filho no mundo, ainda mais numa época em que isso é quase sempre uma opção, não é um ato anódino. É um momento excepcional e raro na vida da mulher. Eu não tinha o mínimo desejo de considerá-lo banal, de reduzi-lo a um mero ato médico. Pela experiência de minhas amigas, guardei a impressão desagradável de que se marca hora para dar à luz como para arrancar um dente e que a anestesia peridural transforma a mãe em espectadora do nascimento.

Foram circunstâncias fortuitas que fizeram com que Paule me assistisse na preparação do nascimento de minhas filhas. Tive também a chance de ser atendida nos dois casos por obstetras inteligentes e abertos que, junto com sua equipe, aceitaram que Paule assumisse o "comando das operações". A soma dessas chances permitiu-me descobrir que a relação entre parteira e mãe é um fator essencial. Estamos numa época em que as mães já não estão ao lado da filha quando ela dá à luz, em que, de mãe para filha, a vivência do parto é ocultada ou transmitida muito negativamente; uma relação profissional pode, portanto, trazer tranquilidade. Parece-me importante que seja uma "palavra de mulher", independente do poder quase sagrado do médico. Durante nossas sessões de trabalho, Paule não se cansava, assim como fez com Marie, de explicar e repetir muitas vezes o processo que culminaria com o nascimento de meu bebê. Ela contava as experiências que mais haviam marcado sua vida como parteira, e me ajudou assim a dominar a ideia do nascimento e a conservar a calma.

Foi, portanto, com serenidade que aguardei esses momentos. E, enfim, na hora do parto, esse método de concentração, de acompanhamento da criança em seu percurso através do meu corpo até ela aparecer, permitiu que eu fosse a atriz desses nascimentos. Sinto até hoje como foi um começo significativo para a vida com minhas filhas.

- **13 de abril**

Maud, minha vizinha ruiva, aquela que eu encontrava na escada subindo com dificuldade seu barrigão até o quinto andar, deu à luz ontem. Quando lhe perguntei se tudo tinha corrido bem, respondeu com voz fraquinha: "Ótimo!". Depois disse que foi preciso usar fórceps. Mas logo acrescentou que não sentira nada porque lhe deram a peridural e haviam feito uma episiotomia. Eu me pergunto que palavra Maud teria empregado para descrever seu parto se não tivesse sido necessário o uso de fórceps... "Superótimo?"

Não é a primeira vez que ouço mães que passaram pelo trio peridural-episiotomia-fórceps empregarem palavras no superlativo, mas evasivas. Como se o encadeamento fosse tão banal que não houvesse motivo para queixas ou para reclamações, nem ao menos para lamentar. Entretanto, não consigo entender como os fórceps ou a episiotomia podem ser vividos de coração alegre, de corpo alegre. Mesmo que Maud não tenha sentido nada, cabe-lhe o direito de estar aborrecida ou triste. Mas são sentimentos que uma jovem mãe não se permite. Já que o bebê está são e salvo, ela não ousa expressar sentimentos negativos. Não ia ficar bem, seria chocante. A jovem mãe esquece tudo, perdoa tudo quando tem seu bebê nos braços. Aliás, em geral ela já nem sabe bem o que aconteceu com ela. É a amnésia pós-parto. Tanto melhor, ou tanto pior? Em todo caso, é pena que todo mundo se contente com disfarçar ou adormecer a dor aparente e deixe de lado a outra, mais profunda e difícil de levar em conta: a dor da alma magoada, do corpo cuja integridade foi espezinhada. A carga do não dito pesa muito no coração e no corpo das mães. É duro viver com uma dor que nem se ousa enunciar.

PAULE

É POSSÍVEL EVITAR OS FÓRCEPS

Com o meu método, quase nunca precisei usar fórceps. Em geral, quando são usados fórceps é porque os músculos da bacia estão tão contraídos que o bebê não consegue virar a cabeça para transpor o estreito inferior da bacia e sair. Segura-se então com duas colheres a cabeça do bebê para fazer com que ela fique no eixo da saída, depois retiram-se as colheres e o bebê sai naturalmente. Acho que, se for feito um trabalho correto e a tempo, pode-se ajudar a mulher a relaxar a bacia e o bebê desce, sem necessidade de ir buscá-lo, mesmo que ele seja grande ou esteja em posição sentada. Há pouco tempo, ajudei uma moça romena a dar à luz. Seu bebê, era o primeiro filho, ficou em posição sentada entre a última consulta e o parto. Quando a jovem mãe chegou à maternidade, o colo já estava com sete centímetros de dilatação e a bolsa de água bem distendida. Ela mantinha um bom ritmo de respiração e os movimentos da bacia. O médico de plantão e o anestesista já estavam lá, pois eram sistematicamente chamados para os partos cujo bebê estivesse em posição sentada. O estojo dos fórceps, aberto, estava pronto para ser usado, mas a mãe deu à luz sem dificuldade, como se a cabeça do bebê aparecesse primeiro!

• 15 de abril

Não tenho espelho grande em casa. Tenho que subir no vaso sanitário para me enxergar inteira no espelho que fica acima da banheira. O que vejo: uma barriga que está fora do meu alcance. Garbosa e inexorável. Continuo a observação e descubro que todo o meu corpo é solidário com essa nova barriga. Meus ombros, braços e coxas se arredondaram por amizade a ela. Até meus quadris se inibiram para deixá-la espalhar-se.

Meu umbigo está saltado, ponto de junção de uma linha vertical escura recém-surgida. Corte seguindo o pontilhado. Não, não corte, não, eu estava brincando! Humor negro de mulher grávida.

Sétimo Mês

• **17 de abril**

Sigo conscienciosamente os cursos oferecidos pelo programa do pré-natal. Deve ser a minha mentalidade de boa aluna: não se falta à aula! Hoje aprendemos a empurrar para expulsar o bebê: "*Inspire, bloqueie, empurre*". E quando é que se solta o ar? Cada uma quer empurrar mais do que a outra! As gestantes que estão no oitavo ou nono mês foram dispensadas. Nunca se sabe. De repente o bebê pode aproveitar o movimento... Empurrar é mesmo uma das figuras de estilo mais célebres do parto. No cinema, o "*empurre, minha senhora; vamos, empurre!*" do médico ou da parteira antecede imediatamente o primeiro vagido do recém-nascido.

"*Nada disso*, explicou-me Paule, *empurrar não é necessário!*" Está aí mais uma certeza que desmorona. Paule nunca pede para empurrar durante a expulsão, aquele momento em que a cabeça do bebê aparece para indicar a chegada iminente do resto do corpo.

PAULE
NÃO EMPURRE!
Nunca peço que empurrem durante a expulsão. Porque não é necessário. Enquanto o bebê não sai, você tem contrações. É preciso saber aproveitar! Deixe o útero fazer o trabalho que ele deve fazer. As contrações do útero bastam para expulsar o bebê. Aliás, acho horrível a palavra "expulsar". Trata-se de deixá-lo sair com suavidade, e não de atirá-lo para fora como um indesejável!

Costumam dizer às parturientes que empurrem como "se fossem evacuar". Que estranha associação de ideias! Empurrar por imposição também pode ser traumatizante, algumas mulheres se sentem culpadas porque não conseguem fazer isso. Ademais, observei que há mulheres que, ao empurrar, contraem o períneo; ora, esse músculo precisa estar absolutamente flexível para deixar sair o bebê. Ao empurrar, a expulsão torna-se mais longa, o que aumenta o risco da necessidade de fórceps. Foi constatado, de fato, que o empurrar pode provocar o rompimento do períneo. Aliás, quando dizem à mãe para empurrar, é costume colocarem a mão sobre a cabeça do bebê para evitar que ele saia depressa demais e haja rompimento do períneo.

Então, se não houver jeito de escapar às injunções do médico ou da parteira, procure empurrar erguendo a vulva para o alto. Se for possível encontrar gente compreensiva, que não atormente a parturiente, deve-se com antecedência procurar um entendimento às claras. Eis o que você pode fazer na hora da expulsão. Há duas situações quando a cabeça do bebê esbarra no períneo: ou você sente uma vontade irrefreável de empurrar o bebê, ou não tem vontade de empurrar. Se você sentir vontade de empurrar, pode responder a essa necessidade, não empurrando, e sim respirando, sempre com a vulva, como durante o trabalho, mas com mais força. Se não sentir vontade de empurrar, respire também com a vulva no momento em que a contração aparece. Em ambos os casos, a expulsão será feita com serenidade. A criança escorregará progressivamente para fora de você. Constatei que as crianças que nascem desse jeito, sem violência, são calmas e muito espertas.

• **22 de abril**

O *Guia das maternidades*[1] acaba de sair: "154 maternidades visitadas, comparadas, comentadas", anuncia a capa. Compro um

---

1. *Guide des maternités*. Paris: Enfants magazine, 1994-1995.

e folheio. Encontro índices assustadores de episiotomias: em certos estabelecimentos, são sistemáticas para os primeiros partos; em outros, chegam a 85%, 65%, 40% dos casos. Hoje, 60% das parturientes na França fazem episiotomia, declara o *Guia das maternidades* e, no espaço de dez anos, o número total de episiotomias aumentou mais de um terço. Puxa! Mas, continuando a folhear o guia, acho uma maternidade onde o índice é de 10%. Como se explica tal variação? A episiotomia deve ser uma prática bem arbitrária, já que sua frequência varia não em função dos casos mas em função das maternidades e dos hospitais! Não pretendo entregar meu sexo a essa arbitrariedade. Não tenho a mínima vontade de deixar que me cortem a vagina para eu fazer parte da estatística de uma maternidade. Como esse costume, pois é isso que parece, pode ser aceito de modo tão passivo pelas mulheres? Sei que lhes é dito ser indispensável para evitar o rompimento do períneo. Será a verdadeira razão? Por que então algumas maternidades quase não a praticam? E nem por isso nessas instituições ocorrem mais rompimentos do que nas outras... É dito também que a episiotomia apressa

---

O que é a episiotomia?

É uma incisão feita na parte inferior da vulva para aumentar-lhe o diâmetro e deixar passar a cabeça da criança no momento da expulsão. É efetuada pelo médico ou pela parteira, quase sempre com a ajuda de uma tesoura. Corta-se ao mesmo tempo a parede vaginal e o músculo. A incisão pode ser mediana, entre a vulva e o ânus, ou médio-lateral, em direção à nádega. A episiotomia é realizada no momento de uma investida, quando a pressão da cabeça da criança provoca uma espécie de anestesia fisiológica, o que torna a intervenção quase indolor. Quando se efetua antes da fase de expulsão, pode ser dada a anestesia local. A episiotomia é costurada após o delivramento (a expulsão da placenta). A costura é feita em três planos separados: vaginal, muscular e cutâneo.

a saída do bebê. Mas por que, se o parto transcorre normalmente, querer apressar tanto a saída do bebê? Qual a necessidade, após nove meses de paciente gestação, de precipitar o curso natural dos acontecimentos?

Certa parteira de uma grande maternidade parisiense confessou-me, lamentando visivelmente, que a escolha da episiotomia era uma questão de cronograma hospitalar. A regra, nos grandes hospitais modernos, é tudo ser rápido. O tempo é precioso, bem mais precioso que a integridade do corpo da mulher... Então, não é surpreendente que as parturientes contraiam os músculos, com uma tal espada de Dâmocles sobre o sexo!

PAULE — COMO EVITAR A EPISIOTOMIA?

Para prevenir os rompimentos durante a expulsão, muitos médicos praticam a episiotomia, uma incisão na vulva que alarga o orifício vaginal. Tornou-se uma prática rotineira, até para mulheres cujos músculos estão bem relaxados. É pena, porque são bem raros os rompimentos completos.

De fato, só há quatro indicações reais para a episiotomia: quando é preciso diminuir o sofrimento do feto, impedir o rebaixamento do assoalho pélvico, a incontinência urinária ou o rompimento do esfíncter anal. Senão, é de todo inútil.

Tanto mais que o períneo é feito para deixar passar o bebê e que a vulva tem perfeita elasticidade. Mas, para isso, é preciso que lhe deem uma chance, um pouco de tempo...

Todo o trabalho de parto, aliás, leva o períneo a se descontrair: o vaivém da cabeça do bebê massageia esse músculo. Constatei também que a alimentação vegetariana em fim de gravidez ajuda a tornar os tecidos mais flexíveis. Se a mãe gosta de legumes, por que não tentar?

A episiotomia não é um ato sem consequências, sobretudo se a incisão for grande. Primeiro, há a cicatrização que pode ser dolorosa e demorada, levar até meses. Cheguei a encontrar mulheres que sofreram a vida toda por causa de uma episiotomia mal costurada. E ninguém costuma falar das dificuldades sexuais provocadas pelo períneo seccionado e costurado, o que o faz perder a elasticidade. Pelo fato de sugerir às parturientes que respirem com a vulva, acabo realizando pouquíssimas episiotomias; nem preciso pôr a mão sobre a cabeça da criança para evitar rompimentos. Digo às mães quando as ajudo: "Segure o seu bebê!". Elas o pegam e colocam sobre a barriga. O recém-nascido respira calmo e quase imediatamente se põe a sugar o seio, ainda preso à placenta. Esta, aliás, se descola com mais facilidade, porque a sucção dos mamilos ativa a expulsão. Evitam-se assim as manobras de pressão, essa humilhante brutalidade que consiste em apertar a barriga da mulher para retirar-lhe a placenta. É muitíssimo melhor, tanto para o bebê quanto para a mãe.

- **23 de abril**

"Somos as guardiãs do tempo", disse-me a parteira de uma pequena maternidade. O tempo das mães. O tempo dos bebês que vão nascer. Tempo em geral tão maltratado. Até o precioso tempo do nascimento. Jeanne, uma bela mulher de trinta e oito anos, não quis correr o risco do tempo escamoteado. Preferiu, ao hospital universitário onde seu pai é um grande professor, uma pequena maternidade do interior; lá ela sabia que lhe dariam o tempo de que ela e o bebê necessitavam. Será a sua profissão de arqueóloga que lhe incutiu esse respeito pelo passar do tempo? Sua filhinha Luna nasceu, aliás, bem devagar. Jeanne me escreveu uma bela carta de mãe.

Marie querida,

Faz tempo que estou querendo lhe escrever, mas não tive muitas possibilidades nestes primeiros meses de exercício da maternidade. Luna acorda todo dia com sorrisos escancarados e chilreia como um passarinho. De noite, dorme como um anjo, mas durante o dia tem tal vitalidade que, se não tiro um cochilo nos momentos em que ela cai no sono, eu não aguento! Nunca imaginei que Luna pudesse abrir tantas portas em mim e me trouxesse tanta força e doçura... Seu nascimento foi muito bonito. Luna nasceu no seu ritmo. As contrações começaram na noite da sexta-feira, 23 de março. Pela meia-noite, decidimos ir para a maternidade. Eu tinha escolhido uma maternidade bem pequena porque sabia que lá ninguém ia querer apressar as coisas nem mostrar serviço – no hospital universitário não iriam "largar" nem por um minuto a filha do professor. A parteira disse que meu colo estava com dilatação de quatro centímetros, mas depois não evoluiu até 6 da manhã. Ela propôs que voltássemos para casa. Tenho certeza de que, num grande hospital, teriam procedido ao rompimento da bolsa de água e me deixariam internada. Sábado à noite, voltamos à maternidade: o trabalho tinha começado. A dilatação chegava a quatro centímetros e meio. A parteira sugeriu que eu me sentasse num banquinho e me debruçasse para a frente. A dilatação aumentou, a bolsa de água se rompeu, e continuei o trabalho numa banheira de água quente. O que mais me ajudou foi o fato de soltar o ar a cada contração e de empurrar a língua contra o maxilar inferior, como Thérèse me ensinara. Mas eu não conseguia controlar minha bacia. As contrações eram muito fortes, nunca pensei que pudessem ter tanta força. A ajuda da parteira fez com que eu evitasse a peridural. Viver cada contração como uma necessidade de fazer avançar o bebê ajudou-me a suportar tudo. Quando eu soltava o ar, pronunciava a palavra "bebê" – é um procedimento da sofrologia. A parteira me avisara de que certos medos podem reaparecer durante o parto. Tive muito medo de que usassem fórceps: eu mesma nasci desse modo. A parteira ajudou-me a controlar o medo, para que ele não bloqueasse o trabalho. A expulsão durou uma hora e meia, em pé, de cócoras, suspensa ao pescoço de meu marido e, por fim, deitada de lado, entre suas pernas, numa cama grande. Eu tinha um medo horrível de estourar. Senti, aliás, como que um imenso rompimento do períneo e, com surpresa, soube depois que ele sofreu apenas uma pequena distensão. Luna nasceu no dia 25 de março às 4h32, de acordo com seu ritmo.

Não sofreu, porque lhe deram tempo, o tempo dela. Ela estava toda rosada, nem chegou a chorar. Estou certa de que, em outro lugar, ela teria passado pelos fórceps e não me teriam permitido um processo de parto tão longo. Os movimentos aprendidos com Thérèse me evitaram a episiotomia e possibilitaram uma rápida recuperação dos músculos do períneo.

Depois, deixaram que nós três ficássemos sozinhos por um bom tempo, o tempo de conhecer e receber com calma nossa Luna. Assim que ela ficou sobre minha barriga, procurou o seio e começou a sugar. O pediatra só veio na manhã seguinte para examiná-la com suavidade.

Está vendo, agora posso dizer o que me parece essencial. Primeiro, a gente precisa viver a gravidez em paz e sossego. Eu andei bastante. Pratiquei também todos os movimentos de Thérèse, com a língua, o períneo e o sacro. Depois, é importante procurar o lugar onde a gente se sinta bem e encontre resposta ao que se deseja. É preciso conhecer a maternidade e o pessoal que nela trabalha. Enfim, é preciso que o nascimento seja uma questão pessoal e não médica.

Afinal, sinto que todo o trabalho de antiginástica que fiz durante a gravidez me ajuda a estar atenta à Luna, a procurar respeitá-la em sua personalidade, assim como no modo de tocar nela e de carregá-la. Com delicadeza... Espero apresentar Luna a você dentro em breve. Um beijo,

Jeanne

• **25 de abril**

No pré-natal, os médicos se revezam e se parecem, mas nenhum me conhece nem conheço nenhum. Sou uma ficha que transita de mão em mão e que leio de cabeça para baixo, quando ela está pousada na mesa do médico. Um dia, vi um sinal parecido com IVG +. Perguntei o que queria dizer. Responderam que se tratava do meu IVG. Qual IVG??? Ah! Então a senhora nunca teve? Sem a mínima hesitação, as letras foram riscadas. Essa trapalhada me deixou preocupada: haveria algum outro erro na minha ficha?

Na consulta do sétimo mês, é uma moça baixa, de olhos claros e voz suave, que me atende. Faz o exame ginecológico e me anuncia que o colo está perfeito. Estendo o braço direito para ela medir a pressão. O aparelho me aperta o bíceps. Sinto o sangue bater nas veias. Espero. A médica torce a boca. Parece espantada.
"Vou medir de novo, a pressão está muito alta.
– ...
– É, é isso mesmo. A senhora está com 15 de pressão. É muito.
– É perigoso?
– Não é bom para o bebê.
– Por quê?
– Isso mostra que ele não está muito bem no lugar onde está."
Não consigo pensar onde ele poderia estar a não ser no lugar onde está. A voz suave me pede que volte no dia seguinte para

---

O que é a monitorização?

O monitor é um aparelho que capta os batimentos do coração do feto e os retransmite. Em certas clínicas, é utilizado de modo quase sistemático durante os partos. Considerada como a panaceia do controle, a monitorização não deixa, porém, de ter inconvenientes. O aparelho pode ser mais uma fonte de estresse para a mãe. Pouco confortável, ele a obriga a ficar amarrada na cama; barulhento e perturbador, impede-a de concentrar-se.

Outras técnicas, menos pesadas e menos coercitivas, podem ajudar a detectar o estado do feto. O estetoscópio de Pinard, por exemplo, é um pequeno aparelho de alumínio que a parteira ou o médico coloca sobre a barriga da mãe. Basta encostar o ouvido ao estetoscópio para verificar os batimentos cardíacos do feto. O uso do estetoscópio de Pinard não causa desconforto à mãe e tem a vantagem de não enviar ultrassons para o bebê, o que é o caso da monitorização.

uma sessão de monitorização. Desta vez, não choro. Nem na frente da médica, nem ao sair do consultório, nem na rua. A bem da verdade, começo a ter minhas dúvidas. Antes de voltar para casa, passo pela farmacêutica que conheço há muito tempo e peço-lhe que verifique a minha pressão. Sento-me na saleta reservada da farmácia para colocar o aparelho: 13-8. A pressão voltou ao normal. Chegando em casa, telefono para a médica e lhe comunico a boa notícia. Ela me responde que já sabia. Percebeu que o seu tensiômetro não estava funcionando: todas as gestantes que passaram depois de mim pela consulta estavam com 15 de pressão... Coitadas. Se não tiveram a ideia de verificar a pressão num outro lugar, a esta hora devem estar se amofinando. O que, com certeza, vai fazer subir a pressão.

• **26 de abril**

O controle feito na farmácia não me dispensou das sessões de monitorização. Por prudência, a médica quis mantê-las. Desta vez, foi uma parteira que me atendeu e amarrou na minha barriga um cinto equipado com receptores que iriam "escutar" os batimentos do coração do bebê.

"Pronto, vou sair um pouco. Volto daqui a dez minutos."

Lá estou eu sozinha. O bam-bam do coraçãozinho ressoa na sala. Um coração de bebê bate muito depressa: 120, 130, às vezes 140 pulsações por minuto. O nosso palpita de 60 a 75. Não me mexo, com medo de tirar do lugar os receptores colocados à altura do ombro do bebê. Entorto o pescoço e a cabeça para seguir pelo gráfico os movimentos oscilatórios dos batimentos. O bam-bam fica mais acelerado, prendo a respiração, ele retoma o ritmo de costume. Os dez minutos me parecem muito longos.

Escuto, enfim, os passos da parteira no corredor. Fico contente de vê-la de volta. Ela dá uma olhada rápida no gráfico.

"Está tudo bem. Volte daqui a três dias para outra sessão."

Acho que é a gota d'água que faz o vaso transbordar. Não me sinto protegida, sinto-me espionada e torturada. Mesmo assim, calo-me mais uma vez. Sei que a parteira só está cumprindo ordens. Se eu lhe perguntar o motivo de um novo exame, ela vai me sair com um rol enorme de argumentos peremptórios. De fato, entrei num círculo vicioso. Cada exame exige outro. Mesmo quando tudo está normal, repete-se o exame. Minha barriga tornou-se uma zona de risco, região de alta segurança. Querem me mostrar que gerar um filho é assunto sério, que não se entrega a qualquer um, sobretudo à pobre mãe inexperiente. Mas, afinal, o estresse nunca foi o melhor método de prevenção, principalmente para a gestante.

Sou o exemplo perfeito do que descreve Marsden Wagner, responsável pelo setor de saúde mãe/filho na Organização Mundial de Saúde: "Internar as gestantes em hospitais hiperequipados de material tecnológico acarreta o risco de que, em quase todos os casos, essa tecnologia seja usada, mesmo que a parturiente não tenha necessidade de tanto. Tal utilização pode levar a um diagnóstico inoportuno e, em consequência, a um tratamento inadequado. O número de exames praticados durante a gravidez é cada dia maior, embora a ciência médica demonstre que nem todos eles são de necessidade absoluta. [...] O risco é a pressão exercida para assustar as mulheres e os responsáveis políticos da saúde. Segundo essa maneira de ver, todo nascimento é patológico ou comporta um risco patológico"[2].

Que solução adotar? Abster-se de todo controle seria pueril e provavelmente perigoso. Talvez eu devesse ter escolhido uma pequena maternidade, na qual fosse atendida sempre pela mesma pessoa, de preferência por uma parteira experiente, ciente de seu diagnóstico e que não precisaria recorrer tanto às máquinas para compensar suas lacunas. Infelizmente, as pequenas instituições já são raras e vão tornar-se cada dia mais raras.

....

2. *Paroles de sages-femmes. Les dossiers de la naissance.* Paris: Stock-Laurence Pernoud, 1992.

- **2 de maio**

Mas quem é este bichinho que cresce na minha barriga? Dá pulos de gafanhoto ou de carpa. Em meus pesadelos, chego a ver um tatu cavando, cavando... Uma coisa é certa, minha barriga é seu campo de esportes. Mergulho para trás, salto duplo para a frente, queda em parafuso, equilíbrio com duas mãos e, para concluir a sessão, um longo bocejo de leãozinho. Fascinada, acompanho com os olhos e com as mãos o acrobata pela superfície da minha barriga: pequena saliência à esquerda, grande saliência à direita... Tem preferência por certas horas, de noite, principalmente. Na hora em que estou deitada e que Martin e eu podemos observá-lo e acariciá-lo à vontade, com uma só mão, com as duas, com um sorriso. Mas, com respeito, sem insistir. Tanto mais agora, que ele tem menos lugar para se esconder, caso deseje ficar quieto. Para ele, meu útero parece ter encolhido nestes últimos tempos. No começo, o bebê era tão pequeno que devia custar muito a percorrer todo o seu espaço. Seu oceano amniótico devia parecer-lhe infinito. Sua percepção dos lugares foi-se aguçando aos poucos. Ao tocar nas paredes do seu antro ovoide, deve ter percebido que o mundo tinha um limite e era fechado. Depois, veio o dia em que ele sentiu o afago de minha mão, ou então a barriga do pai que me enlaçava. Compreendeu que existia algo do lado externo, fora de seu mundo. Ouviu vozes ou música, talvez até tenha percebido a luz. Sua teoria ficou confirmada. Vai chegar o dia em que ele vai ter vontade de explorar esse mundo ainda invisível, mas não desconhecido de todo. O que será que ele vai achar...

- **3 de maio**

Convidei para vir aqui em casa Maud, a minha vizinha cheia de olheiras por causa de seu recém-nascido. "*Ele costuma dormir durante o dia*", explicou-me ela com um sorriso cansado. Para não desmentir a mãe, ficou quietinho no cesto, de mãozinhas cerradas em torno de seus sonhos. Meu bebê estava impossível, dava pulos para todos os lados. Seus movimentos chegavam a mexer com meu vestido. Muito séria, Maud me predisse marcas indeléveis: "*O bebê toma conta de você, lacera você por dentro e isso acaba aparecendo do lado de fora. Olhe a minha barriga*, continuou ela levantando o pulôver, *parece o rosto de um velho chefe de tribo, cheio de rugas e escarificações!*". Por enquanto, minha ditosa hereditariedade ainda me poupa das marcas brancas das estrias. Maud me lastima, ela tem muito orgulho de seus estigmas.

Oitavo Mês

• **17 de maio**

Fui convocada para a ultrassonografia do oitavo mês. Seu objetivo é determinar a posição do bebê. Será necessário? Paule me disse que o diagnóstico pode ser feito pela palpação da barriga materna. Além do mais, ninguém garante que o bebê não mude de ideia no último minuto e vire o traseiro para a saída. Mesmo assim eu vou. Mas, desta vez, desisto do consultório particular e das belas fotos coloridas. O médico do pré-natal cumpre a mesma função. O exame é como de costume: barriga de fora, o gel bem frio, a sonda que passeia. O médico observa e anota em silêncio no seu relatório. Parece satisfeito.
"Adeus, minha senhora.
– Adeus, doutor."
Hoje, excepcionalmente, os corredores do hospital estão desertos. Sento-me numa cadeira e abro minha pasta clínica na qual o médico enfiou seu relatório. Meus olhos vão de uma linha para a outra: *"Vitalidade: boa; biometria: normal. Observação particular: líquido abundante sem exagero* (abundante sublinhado), *estômago pouco cheio, voltar daqui a três semanas"*.
Voltar daqui a três semanas!!! Quatro ultrassonografias ainda não bastam? E se o estômago do bebê continuar pouco cheio daqui a três semanas, o que vão me propor? Uma sessão de superalimentação? Não sei se estou acabrunhada ou nervosa. Meu barrigão pesa muito. O corredor do hospital continua deserto. Ninguém em quem eu possa descarregar minha angústia e minha raiva.

- **18 de maio**

Noite agitada mas boa conselheira.

"Alô, doutor, por favor, será que a quinta ultrassonografia é mesmo necessária? Como o senhor escreveu que o líquido é 'abundante sem exagero'..."

Silêncio estupefato ao telefone. O avental branco se refaz e decide dar uma grande estocada. É preciso matar a revolta no ovo.

"Minha senhora, não é a senhora que decide!"

Eu seguro um "e por que não?" e refiro-me ao desconforto e estresse causados ao bebê.

"Que ideia! Se houvesse algum inconveniente, não usaríamos o procedimento."

Agora a voz está fora de si. Desligo e desisto de falar do bebê de Maud, que mostrava o traseiro em todas as ultrassonografias "dando as costas, decidido, ao pincel dos ultrassons que o amolava", segundo as palavras da mãe. Sei muito bem que não me levariam a sério. Obstetras australianos resolveram avaliar os efeitos de ultrassonografias sistemáticas e frequentes durante a gravidez. Compararam dois grupos de recém-nascidos: no primeiro, 1.415 mães tinham feito uma série de cinco exames completos com ultrassons (imagem por ultrassonografia e fluxometria Doppler); no segundo, 1.419 mães só tinham feito um, na 18ª semana de gravidez, destinado a determinar o termo da gravidez. A hipótese inicial dos obstetras era que o controle intensivo devia ser benéfico. Ficaram muito surpresos ao constatar que, ao inverso de toda expectativa, o grupo dos "muito acompanhados" tinha em média um peso inferior de vinte e cinco gramas em relação ao outro grupo de recém-nascidos. Alguns gramas a menos que, para os médicos, pesaram muito[1]...

Parece comprovado que esta "escotilha" mágica tenha seus limites e que o seguro total contenha efeitos perversos. Mas disso

....

1. Artigo publicado na revista científica *The Lancet*, 9 de outubro de 1993.

ninguém fala. A ultrassonografia deveria detectar anomalias; ela se generalizou de tal modo que se tornou a resposta para todas as perguntas. Os ginecologistas a utilizam cada vez mais, até para confirmar o diagnóstico de gravidez. "É o típico abuso gerado pela tecnologia médica: o aparelho inventado para responder a necessidades reais (o diagnóstico precoce de certas más-formações) é empregado para outros fins, às vezes para suprir a incompetência clínica de seus utilizadores", afirma o diretor do departamento de medicina neonatal do hospital Port-Royal, professor Jean-Pierre Relier[2].

• **22 de maio**

Agnès me telefonou para avisar que está grávida. Espera o primeiro filho para daqui a um mês. Agnès casou-se com um carpinteiro e mora há dois anos num vilarejo perdido na montanha. Perguntei onde ela vai dar à luz; respondeu que irá para a pequena maternidade da região, a vinte e cinco quilômetros da casa dela. Acrescentou que está preocupada porque não vai receber a anestesia peridural. "*Sabe, a maternidade tem o equipamento, mas existe apenas uma anestesista que fica durante o dia e, assim mesmo, só em dias alternados.*" Conta que ouviu falar muito dessa anestesia e que lamenta não "ter direito" a ela: "*É injusto ter que sofrer, se a gente pode evitar*". É verdade que há muita coisa escrita sobre a anestesia peridural; revistas e médicos a propõem quase sempre como uma panaceia. As mulheres apresentadas como exemplo nos jornais costumam usar esta expressão entusiasta: "*É formidável, não se sente dor!*".

Depois do parto sem dor, o parto sob anestesia peridural é a última novidade do *kit*-gravidez. É incrível como a moda é instável. Anos atrás, as gestantes que pediam essa anestesia ainda

....

2. Jean-Pierre Relier. *L'aimer avant qu'il naisse*. Paris: Robert Laffont, 1993.

tinham dificuldade para consegui-la. Eram chamadas de molengas e exortadas a aguentar o sofrimento, se possível em silêncio. Hoje, é o inverso. Em Paris, oito entre dez mulheres são submetidas a essa anestesia. Nas outras regiões, a percentagem é bem menor por falta de equipamento ou de pessoal competente.

Brigitte faz parte dessas mulheres, cada dia mais numerosas, que "tiveram direito" à peridural. Brigitte é documentalista. Seja para sair de férias ou para dar à luz, ela nunca faz nada que não esteja programado. Antes do parto, leu inúmeros artigos sobre essa anestesia e conversou com o ginecologista. Ele lhe deu esta curiosa resposta: "*Quando você compra um carro zero-quilômetro, exige todo o conforto moderno, não é? Direção hidráulica, air-bag e freios ABS. Com o parto é a mesma coisa. Exija tudo*". Surpresa, ela fez a mesma pergunta à parteira da maternidade, que respondeu, rindo: "*Olhe, é muito simples: você quer sentir dor ou quer a anestesia peridural?*". Brigitte fez "hum, hum", meio em dúvida, mas percebeu que não tinha escolha. O consenso a respeito da última técnica em destaque era geral. Brigitte, que mora em Paris, teve o parto sob anestesia. Quando seu filho nasceu, fui visitá-la na maternidade e perguntei o que havia sentido durante o nascimento. Lembro-me ainda de suas palavras desiludidas: "*Para o segundo parto, não quero*". Depois, falou-me de sua frustração: teve a impressão de haver sido completamente alijada do nascimento do filho. "*É como se eu assistisse a meu parto, sem participar. O médico e a parteira comandavam, injetando alternadamente o anestésico e o estimulante para ativar as contrações. Meu parto realizou-se sob o controle e no ritmo deles, não no meu nem no do meu bebê.*"

"*É claro que tudo se passou nos conformes*", acrescentou ela. De fato, esse tipo de parto disciplinado é muito tranquilizador. Não há irritação, gritos, agitação: o corpo não sofre. Mas será essa a verdadeira expectativa da mulher? Para Brigitte, como para muitas outras, estou certa de que o resultado não satisfaz. Talvez também seja o caso de Agnès, que lamenta, porém, desde já, o fato de não "poder recebê-la". Infelizmente a engrenagem médica não perde tempo com conversa inútil. A maioria das grandes maternidades já está preparada para fazer partos sob anestesia peridural. As parturientes que a desdenham complicam a rotina hospitalar. Aliás, é feito o impossível para trazê-las de volta ao bom caminho. A revista mensal *Profession sage-femme* indica em seu número de abril de 1994 o uso de pressões especialmente convincentes para levar a parturiente a aceitar o parto sob peridural[3]. Primeiro, tentam a arma fatal: a culpabilização – "*Se não for pela senhora, faça ao menos pelo bebê*". Quando a mulher resiste, aumentam a dose de ocitocina na perfusão, o que acelera de repente as contrações e as dores. Então, dizem à parturiente: "*Está vendo como é preciso usar a anestesia peridural?*".

Acho, porém, que não é só por motivos organizacionais que as maternidades "incitam" à anestesia. Um nascimento desconcerta, preocupa. A força emocional, a fusão da dor com a alegria, o mistério mexem com nossos parâmetros. Como a morte. O nascimento e a morte têm, aliás, em comum o silêncio e o não dito que os cercam. Os rituais modernos do início e do término da vida são incrivelmente parecidos: muito medicalizados. Os motivos explícitos são os mesmos: segurança, higiene. Os motivos omitidos também são os mesmos: encobrir a desordem da emoção e da dor.

Afinal, a mãe é despossuída do parto como o moribundo o é de sua própria morte. Ambos têm de se entregar em silêncio ao ritual técnico. Por que teriam direito à fala, eles que – por um momento ou para sempre – não são mais nada? Ao dar entrada na maternidade, a mãe entrega sua identidade como o agonizante abdica da sua ao ser hospitalizado. Pouco importa quem são ou foram; só interessa a partir de então o ato para o qual se preparam: dar ou perder a vida. Nascer, propiciar o nascimento, ou morrer deve ser um mero parêntese na "verdadeira" vida. A jovem mãe deve esquecer a provação do nascimento, voltar a ser depressa, bem depressa,

....
3. *Profession sage-femme*, n. de abril de 1994. Artigo de Philippe Thomine: Péridurale, la nouvelle donne.

a moça que ela era. Os sobreviventes do morto, os parentes e amigos também devem atingir a mesma amnésia. Mudar logo de casa, refazer a vida, voltar ao trabalho. Esquecer, apagar tudo. A vida é dada do mesmo modo como se morre: sem ousar sentir nada, sem palavras, sem lágrimas.

Na mãe, o silêncio perdura. Fico surpresa com o pouco que têm a contar sobre o fato as mães que deram à luz sob anestesia. Entretanto, houve com certeza emoção. Encafuada em algum lugar da memória do corpo, e sem nunca se manifestar.

- **23 de maio**

Agnès me telefonou ontem à noite – ela que só costumava escrever uma vez por ano! O fato de estarmos na mesma situação nos aproxima.

"E você não está com medo de sentir dor?, perguntou-me.

– Você está?

– Estou, claro! E você?"

Não, não estou com medo. Não é para bancar a corajosa que digo não sentir medo de algo que está em mim. Seja qual for a forma, por enquanto toda misteriosa, que vai ter a minha dor, ela será minha, e já é minha. A dor do parto não será uma dor imposta. Não tem nada a ver com a dor do corpo machucado ou ferido. Esta, sim, enfraquece, avilta, destrói. Esta merece ser anestesiada. Não a do nascimento. Não quero. Ouvi muitas mulheres falarem das dores do parto como de um sofrimento imposto. Para elas, a sensação dolorosa das contrações é intolerável, é uma maldição herdada de mãe para filha, uma passagem compulsória e inaceitável na era em que a farmacopeia permite sua isenção. Calar essa dor parece-lhes vital. Eu as entendo. Entendo sobretudo porque elas estão se preparando para dar à luz em lugares frios e impessoais, nos quais todo mundo só fala de dor a suportar ou de anestésicos milagrosos que podem dar alívio.

OITAVO MÊS

Mas não será um engodo? Por trás da fala antidor das mulheres não haverá outra coisa? O medo do desconhecido, o medo da emoção, o medo de ser mãe, o medo de ser responsável por um outro ser. Será que a anestesia consegue aliviar esses medos?

Não há muito tempo, uma parteira formidável me contou o que sua experiência lhe ensinou a respeito da dor do parto. Nunca ouvi nada parecido, mas, intuitivamente, acho que está muito certo. Segundo ela, *"não é a contração que dói. É a dor que trazemos dentro de nós, oculta. O que a contração revela é o sofrimento da própria pessoa. No início do trabalho de parto, vejo as mulheres lutando consigo mesmas. Elas se debatem com a contração. Só quando conseguem entrar em contato com o sofrimento que trazem em si é que elas se entregam e a dor diminui. Só quando se reconhece que o sofrimento faz parte de nós, que ele está em nós, tudo volta à serenidade".*

Deixar a própria dor manifestar-se pode ser indispensável, porque isso ajuda a mãe a se conhecer melhor, inclusive a conhecer seu próprio nascimento. Nascer outra vez ao dar a vida.

Thérèse   Como tudo se esclarece! É a dor que trazemos em nós que surge, lancinante, na hora do parto. A dor entranhada no corpo, nos órgãos, na pele, no coração, nos braços, nas pernas, entre as pernas, por todo o corpo que está moldado pela nossa história, absorvida gota a gota, dia após dia, ano após ano.

Sacudido por uma tempestade inédita, o corpo se revela em sua nudez integral. O teste da verdade é fulminante. A dor desenfreada galopa através dos músculos e dos nervos. Para fugir?

Com certeza para fugir, para sair do corpo e da alma, enquanto o recém-nascido avança irresistivelmente.

Os tremores, o susto do corpo todo são muito parecidos com o que observo às vezes no meu trabalho, quando os músculos repletos de emoções acabam cedendo e quando a memória, represada por muito tempo, sobe do fundo do corpo. O mistério do nascimento, uma parte do mistério, talvez seja isso: uma energia violenta que atravessa o corpo de alto a baixo.

> **O que é a anestesia peridural?**
>
> A anestesia peridural consiste em injetar, por meio de uma agulha de ponta côncava, inserida entre duas vértebras, um produto que insensibiliza os nervos da cintura para baixo e alivia assim a dor física. A parturiente deixa de sentir a barriga, a bacia, o sexo e as pernas, mas continua consciente. Não fica totalmente desacordada, ao contrário da anestesia geral, que já não é quase utilizada; mesmo em casos de cesariana usa-se a peridural.

PAULE

A RESPEITO DA DOR

As mulheres não reagem da mesma maneira à dor do parto. Algumas se contorcem de dor, outras não sentem nada ou quase nada. Por diversas razões fisiológicas e psicológicas. Nosso corpo não está inerte diante da dor, ele tem suas defesas próprias. No momento do nascimento, o organismo materno secreta um hormônio chamado endorfina. É um analgésico semelhante à morfina. A endorfina adormece a dor e proporciona bem-estar. Se o relacionamento do pessoal da maternidade com a mãe for calmo e apaziguador, a secreção de endorfina aumenta. O ambiente, o meio no qual a mulher dá à luz, a confiança que ela tem, ou não, em si mesma, na parteira e no médico influem muito no modo como ela vai sentir dor. Um estudo feito na Inglaterra e citado por Jeannette Bessonard em *Paroles de sages-femmes*[4] mostra que, quando as mulheres conhecem a parteira que as assiste, o número de anestesias durante o trabalho de parto diminui ao mesmo tempo em que cresce a proporção de partos normais e naturais.

A esse propósito, lembro-me da Sra. D. Quando chegou à maternidade, estava sorridente e tranquila. O trabalho caminhava

....
4 . *Paroles de sages-femmes, op. cit.*

rapidamente, ela controlava muito bem as contrações até que a enfermeira, ao levá-la para a sala de parto e achando que fazia uma piada, disse que iam para a "sala de torturas". A Sra. D. deixou de controlar as contrações, ficou subjugada pela dor e tivemos muita dificuldade para fazê-la retomar o trabalho correto. Era a única frase que não poderia ter sido dita.

A dor também não é estranha à história emocional da mulher. Ela deseja ou tem receio de soltar o filho, de pô-lo no mundo? Tem medo da separação? Todo parto remete ao próprio nascimento. Ao dar à luz, a mãe revive o trauma de sua chegada ao mundo. Se nasceu com a ajuda de fórceps, vai ter medo dos fórceps. Se nasceu por cesariana, terá medo de cesariana. Ora, é quase sempre o medo e a angústia que provocam a dor. É uma teoria antiga, que verifico a cada nascimento. A mulher com medo tem contrações exageradas dos músculos, principalmente na região lombar e na bacia. O bebê se encaixa mal, o útero precisa redobrar esforços para superar o obstáculo muscular, as contrações serão mais fortes, mais longas e mais dolorosas. Cai-se num círculo vicioso. Como enfrentar as contrações, como torná-las suportáveis e como dominar a dor? Como conservar a calma e viver intensamente, mas sem experimentar as sensações tão fortes e poderosas da vinda ao mundo? Todo o trabalho de antiginástica com a língua, os lábios, os maxilares, os olhos, os tornozelos, os pés e os dedos dos pés pode ajudar. Thérèse já explicou a ligação entre essas partes do corpo e os músculos da bacia. Ao respirar com a vulva durante as contrações, você estará relaxando esses músculos-chave, e o bebê será naturalmente levado pela contração uterina em direção ao canal que ele deve transpor para nascer. As contrações não duram para sempre porque todas elas são eficazes. A dor existe, mas dá para suportar, porque o bebê sairá logo. Se você ainda não optou pela anestesia peridural e a deixou de lado como um coringa a ser usado caso a dor se torne insuportável, é provável que nem venha a precisar dela. Não sentirá vontade nem necessidade de ser anestesiada. Vai viver o parto em toda a sua plenitude.

As parteiras costumam dizer que a anestesia peridural as relega a um papel técnico. É o médico quem decide tudo. Outras, porém, gostam da anestesia porque a função delas fica mais fácil, já que as parturientes não dão trabalho. Isso revela um novo estado de espírito. Acaba-se esquecendo que quem dá à luz é a mãe, e não o médico ou a parteira! A anestesia cria uma separação entre a mulher e seu corpo no momento em que ela mais tem necessidade de saber, e sobretudo de sentir, o que está acontecendo. A mãe fica imobilizada, pregada numa cama durante todo o trabalho, sem a possibilidade de fiar-se em suas sensações – que praticamente deixam de existir. Ela só obedece às ordens do médico e sujeita-se a suas intervenções. A parte superior do corpo assiste, impotente e submissa, à intervenção médica efetuada na parte inferior. Incapaz de participar, a mulher fica condenada a suportar; quanto ao bebê, tem de enfrentar sozinho as contrações. A mãe é forçada a abandoná-lo em plena tormenta, não seguem juntos o mesmo percurso.

Nono Mês

• **21 de junho**

A história de Francine é um sinal. Sinal de alarme. Mulheres reclamam. Dizem que estão fartas de ser levadas de qualquer jeito, de não ser escutadas nem respeitadas, de ser cortadas, anestesiadas, amarradas. Querem mudar. Dizem que a hipermedicalização é a era glacial. Não a era da maternidade, da vida. Francine acaba de ter um menino. Nasceu em casa. É seu segundo filho; a primeira, uma menina, nasceu na maternidade. Preocupados, família e amigos fizeram de tudo para que ela desistisse da ideia. Aliás, ela nem chegou a contar aos pais, pois sabia que a tachariam de doida. Na Holanda, quase 50% das mulheres escolhem dar à luz em casa. Dez por cento dessas mulheres têm de ir para o hospital durante o trabalho de parto, mas 37% conseguem ter o filho em casa.

Querida Marie,

Ulysse nasceu! Foi um momento de felicidade. O meu primeiro parto foi um desastre, mas este me fez levitar! Antes, porém, de contar como foi o nascimento de Ulysse, quero explicar por que decidi ter o bebê em casa. Para isso vou contar o nascimento de Noémie. Foi há cinco anos. Vivi essa primeira gravidez num clima de medo e solidão. O hospital era horrivelmente anônimo. Eu não sabia quem ia fazer o meu parto: podia ser qualquer uma daquelas parteiras. Os cursos do pré-natal nunca me tranquilizaram, eram quase ridículos. Lembro-me ainda do dia em que

nos mostraram a sala de parto: meu coração chegou a 120 batimentos por minuto.
Pensei: não vai dar para ter meu filho nesta sala. Mas era lá que as coisas iam acontecer... Então, fiz de tudo para garantir que teria a anestesia peridural. Eu não queria sentir dor. Tornou-se uma obsessão para mim. Mas – formidável ato falho, diriam os psicanalistas –, quando cheguei à maternidade para dar à luz, disseram-me que era tarde demais para a anestesia. O colo já estava muito dilatado. Tinham insistido tanto comigo para eu não vir cedo demais... Quando ouvi isso, fiquei apavorada. Mal eu chegara, me fizeram uma perfusão e instalaram o monitor. Em vez de me concentrar nas contrações, fiquei olhando o aparelho junto com todo mundo. O acontecimento já não estava na minha barriga, mas na tela. Acabei dando à luz... Quase não senti nada. Nem dor nem nada. Fiquei contente por ter escapado à episiotomia. Eu avisara que não queria e ameacei não ajudar a empurrar o bebê caso me fizessem aquela incisão! Pelo jeito, falei firme e consegui fazer-me ouvir.
Quando o bebê saiu, colocaram-no em cima de mim, mas parecia que era só porque todo mundo diz que é para pôr o bebê em cima da mãe... Bem depressa levaram-no embora. Alguém cortou o cordão e deixaram o bebê na sala ao lado. Lá, puseram-lhe uns tubos no nariz.
Meio sem jeito, perguntei se eu podia ficar um pouco com o bebê, e acabaram por me trazê-lo. Tentaram fazer com que ele sugasse, mas não foi tão simples quanto eu pensava.
Fiquei uma semana na maternidade e foi uma estada intolerável. A solidão continuava. Nada propiciava o meu contato com o bebê. Lembro-me de uma pergunta que ficou sempre sem resposta: era bom ele ficar comigo durante a noite, ou não? Eu não tinha coragem de responder nem para mim mesma. Eu lá estava com aquela criança, quase aquela coisa, e ficava olhando... olhando.
Eu não conseguia descansar, vivia de acordo com o ritmo do hospital: verificação da temperatura, passagem das atendentes, visitas do ginecologista com quarenta pessoas em torno dele. Acabei tendo uma fixação no ginecologista. Ele nunca se deu conta do meu desalento, e eu também não conseguia comunicar o que estava sentindo a meu marido.
Talvez você não acredite, mas quando fiquei grávida do segundo, comecei tudo do mesmo jeito. Encontrei o ginecologista mais quadrado

possível e fui me inscrever em outro pré-natal, mas que era igualzinho ao primeiro.
Quando cheguei lá, estavam todos ocupadíssimos: fui recebida pela faxineira. Ela foi muito boa e me mostrou a casa, que era lúgubre. Pensei: é impossível.
Não sei quando foi que tive a ideia de fazer o parto em casa. De fato, no começo, eu era totalmente contra. Uma amiga que dera à luz em casa deixou-me o endereço de "Nascer em casa", uma associação de parteiras que adota esse tipo de parto. Fui a uma reunião, arrastando comigo meu marido. Havia seis casais. Fiquei admirada porque todos faziam perguntas sobre a questão da segurança. Nitidamente era o obstáculo a transpor. Cada um falou de suas angústias. Uma mulher disse: "Tenho medo que o cordão se enrole no pescoço". Uma das parteiras, ex-andarilha que fez partos no mundo inteiro, explicou calmamente: "O cordão em volta do pescoço não é problema, a gente tira. Se estiver enrolado duas vezes, tiram-se as duas; se forem três, tiram-se as três". Nossas perguntas foram respondidas pelas parteiras com simplicidade. Todas as complicações que lêramos nos livros tinham solução. Eram casos que elas haviam encontrado. Nunca deram como resposta: vamos ter tal aparelho, vocês estarão num hospital superequipado, não fiquem preocupadas. Eram respostas de pessoa a pessoa. Pela primeira vez, o medo era escutado. Gostei. Mas faltava convencer meu marido. Comprei revistas, li uns livros.
Eu precisava pensar nas minhas angústias. Sabia que o problema era o meu gosto pela gravidez e a dificuldade de deixar sair a criança. Refleti muito nisso e acho que valeu. Passei o último mês deitada, porque eu exagerara um pouco no Natal e a parteira recomendou repouso. Ela me dava muita tranquilidade mas nunca usou de maternalismo comigo. Nem era preciso; desta vez eu estava de fato muito alerta. Eu me perguntava o que aconteceria se o bebê chegasse antes da parteira. Ela nunca me respondeu: isso não vai acontecer. Explicou-me o que fazer. Faça isto assim assim. O contrato entre nós duas era muito claro. A ela competia todo o risco profissional, nos gestos que teria de fazer. Mas não assumia o risco que cabe à mãe. Nosso relacionamento não tinha nada a ver com o clima assistencial da maternidade. Fiz todo o possível para que minha gravidez e o parto se passassem bem. Acho que é a melhor prevenção possível, aquela em que a mãe nunca é desresponsabilizada.

Antes do termo previsto para o parto, comecei a prestar atenção nas contrações. Uma noite, elas ficaram muito próximas. Às sete da manhã, chamei a parteira. Ela disse que ia se arrumar e sugeriu que eu tomasse um banho. Lavei a cabeça, pensando que, depois, eu não ia ter tempo! A parteira chegou. Eu estava com fome. Perguntei se eu podia comer, ela disse para eu fazer como quisesse. Indaguei: acha que pode dar vontade de vomitar? Ela respondeu: o que é que tem? Pode vomitar, é só pegar uma bacia.

Arrumei-me, perguntei a minha filha se ela queria ir para a casa da vizinha. Ela disse que não. Foi para o quarto dela. A parteira me examinou. Ajeitei a cama com umas almofadas para poder ficar meio sentada. A parteira arrumou suas coisas. O balão de oxigênio, o sangue artificial etc. Quando eu sentia dor, gritava. Era conforme vinha, eu não tinha como controlar.

Quando a cabeça do bebê apareceu, comecei a empurrar. Em pensamento, eu me dizia: agora eu preciso deixar o bebê sair. Eu só pensava nisso. A parteira me fazia massagens. O bebê nasceu. Meu marido disse: é um menino, parecido com você. A parteira me entregou o bebê imediatamente e deu um passo atrás – sou-lhe grata para sempre por esse simples gesto. Ainda guardo a lembrança com o coração cheio de emoção. Depois ela chegou perto para olhar o bebê, certificou-se de que ele estava respirando bem e nos deixou a sós.

Tínhamos o tempo todo para nós, nada nos apressava e foi maravilhoso. Limpamos um pouco Ulysse, tiramos o sangue para não dar má impressão, mas deixamos a camada lustrosa que o protegia e chamamos Noémie. Ficamos os quatro juntos. Noémie olhou o bebê, viu que ele se mexia. Tivemos o momento de emoção que não pudemos viver na maternidade. Não sei quanto tempo ficamos assim. A parteira não disse nada, nem nos furtou aquelas palavras que são ditas em torno de um recém-nascido. Ela não se intrometeu. Foi muito humana. Ulysse começou a sugar. Depois, o pai cortou o cordão. É meio duro de cortar, mas conseguimos. A placenta saiu logo em seguida. Examinamos bem, viramos a placenta de todos os lados. Passamos a tarde na maior calma, ninguém veio nos atrapalhar. Conversamos com Noémie. Ela me disse que tinha ficado preocupada porque me escutou gritar. Expliquei porque eu gritara e garanti que tudo já tinha passado. Pode parecer *que o seu susto tenha sido um efeito negativo do parto em casa, mas acho que não. Presentes ou não, as crianças têm fantasias a respeito do nascimento. Sabem de coisas, veem imagens na televisão, como os bebês cobertos de sangue. Isso as impressiona muito. Acho que Noémie teve a chance de falar sobre o assunto e talvez de pôr para fora um grande medo próprio da pessoa humana. Eu nem tinha arrumado a cama para Ulysse, era evidente que, dessa vez, ele ia dormir na minha cama. A parteira voltou no dia seguinte e só então ela fez os exames habituais e falou do bebê. Era a fada boa das histórias, que se debruça sobre o berço do recém-nascido. Ela disse coisas ótimas sobre Ulysse. Acho que dei o melhor presente possível a meu filho: um nascimento sem embates, sem angústia e sem nenhum medo.*

Sei que você não vai dar à luz em casa, mas desejo de todo o coração que viva o nascimento de seu bebê num clima de respeito e liberdade.

Beijo grande da

Francine

- **22 de junho**

Garance, a amiga de sempre, e Etienne, o eleito de seu coração, dois fanáticos pela 7ª Arte, casam-se hoje... num cinema. Há dois dias, vasculho meu armário à procura de uma roupa que me sirva. Experimento, viro de frente para trás, espicho para baixo, não adianta. Tudo está apertado, curto demais. Acabo achando um vestido tubinho de malha preta... Consigo enfiá-lo como um tomara que caia. Os ombros arredondados de mulher grávida são bonitos. Visto um camisão de seda de flores rubras e verdes, ponho uma echarpe verde-escura, um pouco de batom.

Ia esquecendo. Estou descalça. A cerimônia começa daqui a meia hora. Com ou sem meias, o resultado é sempre o mesmo: não há sapato raso nem sandália que caiba nos meus pés inchados. O que ainda me serve são os sapatos de pano chineses. São chinelos. Cinderela de pés inchados. Mas estes chinelos são pretos, combinam muito bem!

THÉRÈSE   Todo mundo vive preocupado com as más-formações no embrião do tamanho de uma semente. Existem páginas e páginas nos manuais sobre as anomalias do feto. Nem uma linha sobre a perfeição dos recém-nascidos. Entretanto, a natureza repete seu prodígio milhões e milhões de vezes, com a mesma segurança com que o Sol desponta no planeta; seres cujo corpo é organizado de acordo com um plano perfeito vêm ao mundo. Será que isso não vale nada? Não vale a pena ser compreendido?

Será cabível imaginar um bebê, por exemplo, com pés pontudos, dedinhos entortados e cheios de calos? Por que, então, existem estes horríveis pilões cuja forma nem de longe lembra os pés que há algumas décadas nasceram perfeitos? "É a vida, dizem, não há nada a fazer." Sei, é a vida, as repressões e compressões de todo tipo. Mas é possível fazer algo, algo que não seja enfiar os pés nos sapatos e tentar esquecê-los, escondê-los.

Como esquecê-los, aliás, quando começam a inchar e já não entram no lugar onde, há poucas semanas, se aninhavam tão bem? Não, não estou dizendo que teus pés estão deformados. Sei que não estão. Mas, como neste momento precisas ficar bem firme no chão, vou te lembrar que a arquitetura de nossos pés é um milagre de perfeição, com arcadas, abóbadas, pilares e seus vinte e seis ossinhos interdependentes. A forma que têm na hora do nascimento, mais estreitos no calcanhar que nos dedos, e suas bordas retilíneas, nunca deveriam mudar; apenas deve surgir a arcada, quando se começa a ensaiar os primeiros passos.

De fato, eles suportam todas as tensões e dores de nosso corpo. Vindas de cima, do pescoço, da barriga, das pernas, as tensões prosseguem muito devagar durante meses e anos, ao longo da musculatura; quando chegam ao fim da cadeia muscular, isto é, aos pés, elas erguem os dedos, comprimem e deformam as articulações. A forma de nossos pés não consegue mentir, confessa tudo sobre nossas mazelas ocultas: a respiração bloqueada, as cicatrizes de intervenções cirúrgicas no abdome, os partos difíceis, as dores do ciático, a ansiedade, a vida difícil. O *hallux valgus*, ou joanete, é um exemplo característico do bloqueio do diafragma.

Se a forma dos calçados femininos não se parece com a do pé humano, talvez seja para tentar abafar o que os pés têm a dizer; impondo-lhes um limite arbitrário, evitamos ver a expressão torturada de sua forma autêntica.

Durante a gravidez, a musculatura fica flexível e maleável, e assim permanece alguns meses após o parto. O corpo não é feito só de músculos, mas só os músculos dão forma a nosso corpo. Um trabalho sobre os pés ajuda a circulação sanguínea e linfática, traz estabilidade e bem-estar. E, como tudo se articula no corpo, podes muito bem, pela base, soltar teu diafragma, soltar os ombros.

Movimento dos pés nº 13, p. 152.
Movimento dos tornozelos nº 14, p. 152 a 156.

• **29 de junho**

A noite foi longa. Virar para a esquerda, virar para a direita. A meia-volta há meses não é praticada. Dormir de preferência para o lado esquerdo, a fim de não comprimir com o peso do bebê a veia cava, que fica do outro lado. Virar só para a esquerda e pronto. Com dois travesseiros, de bruços, não consigo respirar.

• **7 de julho**

A expressão "vou ter um filho" assume sua dimensão total. Ele está aqui e não está. Tenho vontade de pegar nos braços meu filho, de dar-lhe um beijo. O tempo me parece suspenso. Meus gestos são cada vez mais lentos, os movimentos como que parcelados. Eu me adapto a seu ritmo. Uma semana é um tempo infinito para a criança, um dia deve parecer uma eternidade para o feto. Sonhei com um relógio perdido. Penso no rosto do bebê, no seu corpo, no seu sorriso imerso no líquido amniótico. Os cientistas procuram saber o que desencadeia o nascimento. Conhecem a substância hormonal que provoca o trabalho de parto, a prostaglandina, mas não têm certeza quanto aos mecanismos que induzem sua síntese. Alguns pesquisadores acham que tudo se passa no âmbito da placenta, outros pensam que é a mãe que toma a iniciativa, no dia em que já não tolera em seu organismo a presença do feto. Uma terceira tese, mais recente, considera a responsabilidade do bebê. O rim do feto secretaria uma substância que intervém na produção das prostaglandinas. Na realidade, o mistério permanece, e é melhor assim. Talvez haja acordo tácito entre mãe e filho? Após nove meses de uma ligação fusional, a decisão de separar-se só pode ser tomada quando ambos se sentirem maduros para enfrentá-la. Entretanto, o parto pré-programado é cada vez mais frequente. É uma "vantagem" que várias maternidades oferecem agora à clientela apressada. Boa providência, se for pela necessidade de tirar o feto de uma situação desfavorável: o bebê não consegue avançar, sofre, ou já expirou o termo previsto (e, ainda assim, é preciso verificar se não houve engano na previsão). Mas, na maioria das vezes, é por pura conveniência que se induzem os partos. Antes das férias e feriados, por exemplo, para garantir que o médico escolhido vai estar presente. Mais uma vez, o ritmo natural do nascimento é desprezado. Uma parteira me explicou que isso significa *"separar dois seres que não terminaram o tempo que tinham para ficar juntos"*. Segundo ela, isso traz consequências: *"Mesmo que o bebê esteja pronto fisicamente, mãe e filho ainda não têm estrutura suficiente para alcançar a liberdade"*. Aliás, ela ainda constatou que, quando esse prazo não é respeitado, a mãe se mostra quase sempre hiperpossessiva depois do parto. Às vezes, o corpo das mães resiste à intrusão do ritmo médico. O processo de indução fracassa. Sonia devia dar à luz no dia 10 de abril, mas o médico saía de férias no dia 5. De comum acordo, marcaram o parto para o dia 1º. Sonia chegou à maternidade às 9 horas, fizeram-lhe uma perfusão de ocitócitos para provocar as contrações. O útero quase não reagiu. O bebê não avançou. Fizeram nova perfusão. Esperaram. As contrações continuaram muito fracas. Foi preciso fazer uma cesariana... Sonia não teve a coragem de dizer, mas não estava de acordo com a indução... A cabeça tinha resolvido, mas o corpo não. Ele foi mais forte que a química. O caso de Sonia não é exceção. Uma equipe de parteiras belgas fez um estudo[1] sobre duzentas e quarenta mulheres cuja gravidez foi perfeitamente normal e com bebês sem nenhuma anomalia. As conclusões do estudo mostram que a indução artificial acarreta um trabalho mais longo, maior uso de analgésicos, maior percentagem de cesarianas e um Apgar dos recém-nascidos menos favorável. Há também o caso de Natacha, que devia dar à luz lá pelo dia 23 de março. No dia 1º de abril, o bebê ainda não se tinha manifestado. O termo estava atrasado em uma semana. A parteira de Natacha, que ia fazer o parto em domicílio, resolveu esperar, achando que devia haver alguma coisa nesse atraso. Poucos hospitais teriam procedido assim. Na noite de 1º de abril, Natacha resolveu escrever. *"Não consigo falar, vou usar este meio para me comunicar."* Duas folhas com uma letrona redonda para "colocar as palavras", explicou-me ela. *"Meu filho estava pronto, mas eu não. Queria entender por que eu não o deixava sair. Botei no papel o meu medo. Medo de me separar dele. Medo do desconhecido. Órfã, não sei nada a respeito de minha origem e esqueci tudo o que me aconteceu na infância. Deixar nascer o meu filho significava retomar contato com esse buraco negro de minha vida. Isso me dava um bloqueio total. Uma hora depois de largar a caneta, começaram as contrações. E, após mais seis horas, nasceu o meu menino, em casa. Sem problemas!"*

....

1. Cf. *Paroles de sages-femmes*, op. cit.

> **O que é o escore de Apgar?**
>
> A anestesista norte-americana Virginia Apgar validou há quarenta anos um teste chamado "escore de Apgar" a fim de medir a adaptação do recém-nascido à vida extrauterina um minuto, três, cinco e dez minutos após o nascimento. Esse teste leva em conta cinco critérios, que recebem notas de 0 a 2: o grito, a respiração, a coloração, o tônus e os batimentos cardíacos. Uma criança bem adaptada chega a um Apgar de 9 a 10 pontos.

- **13 de julho**

Começa a anoitecer. Lá fora, Paris está em festa. Mesmo com as janelas fechadas, ouvimos o barulho abafado dos fogos e a música. Na minha barriga também começou o baile. Já chegaram as contrações que indicam o parto iminente, e chegaram para valer. Soam onze horas no relógio da igreja vizinha. Está na hora. Pelas buzinadas que se ouvem da rua, a cidade deve estar cheia de engarrafamentos. Talvez o táxi gaste muito tempo para atravessar o Sena, subir até a Bastilha e chegar à maternidade. Vamos ter que chamar a ambulância. Minutos depois, bate à porta uma equipe de seis profissionais vestidos de azul-marinho.

"Dá para andar?"

Dá, mas devagar. A luz giratória da ambulância clareia a escuridão da ruela que escapa à balbúrdia do 14 de julho. Entramos todos na camionete: os seis da equipe e nós, os pais. Deitada na maca, ergo as nádegas para amortecer os sacolejos. Nunca eu havia percebido tanto os paralelepípedos das ruas de Paris. Foguetes, gente cantando, engarrafamento, não vejo nem ouço nada: estou concentrada nos movimentos incontroláveis de minha barriga.

Vinte minutos depois, a ambulância para na frente da maternidade. Vou me levantar, mas a equipe me manda ficar quieta. Sigo na maca e de elevador até as salas de parto. O relógio do corredor indica meia-noite. A parteira de plantão que eu nunca tinha visto me recebe distraída e me deita na mesa estreita de exames.

"O colo está com dilatação de dois centímetros. Quer tomar um banho para relaxar?"

A maternidade acaba de reformar as salas de parto. Tudo novo. A grande banheira decorada com mosaicos é o orgulho das parteiras: foi uma delas que desenhou os motivos coloridos. Os intervalos de minhas contrações ficam mais curtos.

"Não dá tempo de tomar banho", conclui a parteira.

Acho ótimo. Com a impressão de estar sendo levada por uma torrente, não sinto falta de mergulhos. Algo parecido com um animal de patas musculosas está agarrado à minha barriga. É o útero que se contrai. Logo eu, que achava que as primeiras contrações deveriam ser calmas. As minhas não são. O que estou sentindo não se compara com nada imaginável, nem com nada que eu possa ter imaginado. Que força é esta que toma conta de minha barriga?

Eu inspiro, o ar vai subindo pelos pés, ao longo das pernas, até o peito; solto o ar, ele desce pela coluna vertebral e sai pela vagina. Fico de olhos abertos, para não afundar na dor. Apoio bem as costas na cama e mexo a bacia seguindo o ritmo da contração, para diminuir o arqueamento da coluna vertebral. Os movimentos ensaiados em casa são como balizas na tempestade. A rebentação por fim se acalma, o animal de patas musculosas está domado, a dor diminui aos poucos. Mas não por muito tempo: uma nova contração me apanha. Pega-me a barriga e o peito, sobe quase até a nuca. Procuro me concentrar, faço de novo os movimentos. Sou uma atleta em plena competição. Cada movimento, cada respiração me aproxima do objetivo. Martin me encoraja com o olhar e a voz. E mais uma vez as coisas se acalmam. Meu útero descansa. Mas a trégua é curta. Tudo recomeça com mais força.

Durante três horas, o vaivém das contrações toma conta de meu corpo; obriga-me a uma concentração e a um esforço enormes, como eu nunca fizera na vida. Estou centrada e concentrada em mim mesma. Nem me reconheço. De onde vêm essa força, essa resistência, essa convicção? A parteira não fica presente o tempo todo. Acho que ela tem coisa melhor a fazer na sala de plantão. Imagino que está festejando com os colegas, como se deve, a queda da Bastilha. Suas rápidas visitas servem sobretudo para que ela examine o colo e me informe a progressão: quatro centímetros de dilatação. Tudo vai bem. O trabalho caminha. Sinto sede. Martin pulveriza umas gotas de água em minha língua. Não se deve beber durante o parto, disseram-me. É uma medida preventiva, caso seja necessário receber anestesia. Dilatação de seis: a parteira segura o altímetro. Dilatação de oito. O bebê prossegue seu caminho. Agora faz três horas que ele avança, empurrado por meu útero batalhador. Dilatação de dez. O colo está perfeitamente aberto.

"Estou vendo a cabeça", diz a parteira.

Eu sinto a cabeça. E a estou sentindo para valer. "O senhor venha ver."

O senhor pai mal tem coragem de ver. Dá uma olhada rápida e faz uma volta estratégica para junto do rosto concentrado da mãe.

"É agora, empurre."

Eu já contava com a ordem. Agora não dá para explicar que, por sugestão de Paule, não vou empurrar. Aguardo a contração e solto o ar com força, bastante força. Dá certo. "A cabeça, aqui está a cabeça", diz a parteira que, é evidente, passa a confiar em mim. Solto o ar mais uma vez. Vão saindo os ombros, o tronco, as nádegas, as pernas e os pés. O corpo viscoso do bebê escorrega de meu sexo. O último gesto de um longo corpo a corpo. A última simbiose. Um deslizar progressivo para o mundo.

"É uma menina!", exclama a parteira.

Minha filha. Nossa filha. Bom dia, Julie! Ela está em cima de minha barriga, encostada em meu coração. Olho mas não acredito. Esta cabecinha, os olhos inchados, os punhos fechados, é ela mesmo. Nove meses, ela precisou de nove meses para tornar-se este pequeno ser independente. E de algumas horas para sair de dentro de mim. Essas horas de caos e violência são as mais emocionantes, as mais fantásticas, que jamais vivi.

Olho para mim, nua e suada: sou a mãe. Minha mãe, minha avó, minha bisavó. Sou todas essas mulheres forjadas pela vida. Sou a mulher arcaica. Sou a mulher forte. Transmiti a vida.

• **Três meses depois...**

Julie está com três meses. Ela é literalmente borbulhante. Quando me lembro de seu nascimento, violento, forte, rápido, acho que é parecida com ele. Será que as crianças nascem como são, como vivem? Penso muitas vezes nesse parto, na intensa felicidade de ter acompanhado meu bebê em direção à vida. Seu nascimento me fez nascer. É como se uma reserva de força, arraigada nas profundezas do meu ser, se tivesse revelado. Aumentou muito minha autoconfiança. E a confiança em minha filha, na força vital de nós duas. Aquelas horas de violento corpo a corpo nos aproximaram mais do que os nove meses de íntima coabitação. Como se o ato de deixar que minha filha siga em frente, de separar-me dela para lhe dar a vida, fosse prova de amor maior que o fato de carregá-la em mim durante nove meses.

Sei agora, passados três meses, que aconteceu durante aquelas horas uma coisa muito perturbadora e decerto vital. Falei no meu diário daquela parteira que explicava que a dor sentida durante o parto é a dor que trazemos dentro de nós. Ela estava certa. Já contei como foi a dor das contrações fulgurantes, inimagináveis, impronunciáveis. Além do caráter petulante de minha filha, expressava-se a história de outra menina. Menina que um dia perde o pai para sempre. Sua dor é brutal e muda, porque é incapaz de se comunicar. Foi essa dor que senti de novo, vinte e seis anos depois, na hora do nascimento de minha filha. Entendo essa selvagem chegada ao mundo. Não poderia ser de outro jeito. Havia uma menina ferida. Agora uma mulher dá a vida. A emoção do nascimento arrancou a tampa cuidadosamente apertada sobre a minha dor infantil. Talvez melhor do que qualquer tratamento psicanalítico. Porque meu corpo não podia tapear, fugir, defender-se. Ele tinha de participar para pôr meu bebê no mundo. O parto estimulou zonas de minha memória até então inacessíveis. Reviver a emoção da morte na hora de dar a vida torna a dor bem mais suportável. Acho que não teria sido a mesma mãe para minha filha se eu não tivesse refeito esse percurso e tratado minha dor.

Seria por causa dos festejos do 14 de julho? Seria o meu jeito confiante e decidido? Seria porque tudo se passou bem e depressa? Ninguém, em todo caso, interferiu nessa hora de chegada ao mundo. Nenhum anestésico, nenhum gesto médico, nenhum recurso tecnológico me foi imposto. A parteira era totalmente "discreta"; eu a vi pouco, ela quase não falou comigo. Decerto percebeu que eu preferia assim, e não me propôs, nem impôs, nada. E ninguém veio dar uma olhadela – que eu teria achado indiscreta – na sala. Gostei muito disso; sei que não é o costume, nem nesse hospital nem em outras maternidades parisienses.

Penso muito nas mulheres que a química consegue calar, que a técnica amordaça, das quais ela apaga a memória, a própria história. Que pena perder uma terapia tão formidável como a do parto!... Que pena não aproveitar essa fantástica oportunidade de renascer, de redimir-se!

Mas é uma via que não está traçada de antemão. Cada vez mais, mulheres que foram sobretudo feridas ou frustradas pelos partos sem respeito começam a procurar outra coisa. Algumas preferem ter o filho em casa, pensando que é o melhor "alhures" possível. Outras procuram pequenas maternidades onde existe calor humano. Mas todas sabem que esse caminho para um nascimento mais livre, mais responsável, precisa ser descoberto pela própria interessada. Não com um machado, mas com confiança. Confiança em si, no bebê, no meio que a cerca. Discretamente, parteiras atentas desejam ouvi-las e ajudá-las. É preciso ir atrás delas. O saber e a experiência dessas profissionais são insubstituíveis. Este livro também pode ajudar você. É o que espero. O que esperamos, Paule, minha mãe e eu. Ao descobrir a mais segura realidade – a de seu corpo –, você vai adquirir confiança em si, como eu mesma consegui durante nove meses. Vai descobrir que seu corpo foi feito para dar a vida. Faça isso por você e seu bebê. É um nascimento a dois, um conascimento*: seu relacionamento futuro será melhor e mais confiante.

....
* Cf. nota à p. 58. (N. T.)

Movimentos

Eis a descrição dos catorze movimentos já anunciados e mais outros dois, que você pode fazer com o pai de seu filho. Quantas vezes por dia ou por semana é para fazer? Só o seu corpo pode saber. Não se trata de um "programa" que é preciso cumprir e vencer a todo custo. Mais do que "exercícios", são como água benfazeja que, a cada dia, é absorvida em pequenas porções por suas células, até o momento em que o corpo, satisfeito, não sinta mais necessidade. Só você pode perceber como esses movimentos vão modificando aos poucos o seu modo de relaxar os maxilares, mexer os olhos, respirar e despertar a inteligência profunda de seu corpo.

Se sentir necessidade, faça diariamente os que mais lhe agradam. São rápidos e não exigem grande preparação. São "movimentos imóveis", por assim dizer. Com um pouco de concentração, você consegue fazer alguns deles numa sala de espera, no ônibus, à revelia de todo mundo. Seu ponto alto é a extrema precisão e os surpreendentes resultados obtidos. Surpreendentes porque, se depois de trabalhar o pé direito ou a perna, por exemplo, espera-se que eles se tornem mais flexíveis e alongados, ninguém imagina que também o olho direito fique mais aberto e a face direita mais relaxada. Entretanto, é isso que você vai constatar e assim, fisicamente, sentir como tudo está ligado dentro de seu corpo: a parte de baixo está sob a dependência da de cima, a da frente responde à de trás, uma cavidade reage à outra.

Você pode até melhorar a velocidade e a precisão das ordens nervosas entre seu cérebro e músculos. Pode aguçar as percepções dos músculos que não são comandados voluntariamente como, por exemplo, os do útero. Percepções preciosas para que você permaneça em contato e harmonia com seu bebê durante toda a gravidez, assim como para reconhecer e aceitar sem medo, quando chegar a hora, os movimentos de todo o seu corpo prestes a se abrir para o nascimento.

Seus olhos, boca e respectivos movimentos representam um papel muito importante: embora por sua situação fiquem longe, são parentes próximos do útero e do sexo. Estão fortemente ligados ao seu sistema nervoso involuntário[1]. Sabemos muito pouco a respeito dos movimentos ínfimos, contínuos e profundos dos nossos órgãos dos sentidos. Esses movimentos não dependem da vontade, mas decorrem estreitamente das emoções. O medo e o estresse podem contrair as pupilas de seus olhos tanto quanto contraem os músculos de seu útero. Um recente estudo norte-americano mostrou que, de cem parturientes cujos bebês estavam em posição sentada, oitenta e um se viraram espontaneamente após as mães serem submetidas a sessões de hipnose destinadas ao relaxamento; desse modo, elas descontraíram a parte inferior do útero, que estava impedindo a criança de encaixar-se normalmente. No grupo-controle, cujas mães não fizeram hipnose, somente vinte e seis bebês conseguiram, sozinhos, virar de cabeça para baixo[2].

"Os movimentos devem ser feitos na hora do parto?", costumam perguntar minhas alunas. Se lhes vierem à cabeça, isto é, à boca, aos olhos ou aos dedos do pé, sim. Para mim, são como elementos de um alfabeto indispensável para discernir os movimentos, as percepções do corpo, de dentro e de fora. Ninguém vai pensar em soletrar letra por letra as palavras de uma arrebatada declaração de amor na hora em que está sendo feita. Mas sua língua e respiração vão tornar-se suaves, os músculos flexíveis e dóceis, e sua vontade de dar à luz será poderosa.

....
1. O sistema neurovegetativo.
2. *Journal of American Medical Association* (JAMA), citado em *Psychologie*, abril de 1995.

MOVIMENTOS

1. Às portas do céu da boca: os lábios

Este movimento da boca pode ser feito com você sentada numa cadeira, de preferência descalça e com os pés bem apoiados no chão. É preciso que a cadeira tenha a altura adequada às suas pernas. As mãos bem soltas, de palmas para cima, podem descansar sobre as pernas. Comece fazendo pequenos "sim" com a cabeça.

Solte os maxilares, mas deixe os lábios fechados, encostando-se de leve, com os músculos relaxados. Imagine que seus lábios se alargam, carnudos e macios, sem contudo se separarem um do outro.

Com a ponta da língua, siga delicadamente, pelo lado de dentro, o contorno dos lábios encostados. Descubra as comissuras à direita e à esquerda. Passeie a língua, sempre com suavidade, de um lado para o outro, tentando descobrir com a ponta da língua a forma que tem sua boca de lábios fechados. Tente um leve sorriso e descubra, sempre de dentro, qual a forma de seu sorriso.

2. A força da língua

Este movimento ajuda a distinguir os músculos da boca que têm o costume de fazer juntos uma porção de movimentos automáticos. Distinguir os movimentos que vêm dos maxilares, os que vêm da língua e os que vêm dos lábios, saber diferenciá-los e comandá-los pode ajudar a relaxar as fortíssimas tensões musculares da boca e, em consequência, as do corpo todo.

Na primeira vez, é melhor fazer este movimento estando deitada no chão[3]. Depois, quando estiver habituada, pode ficar sentada. Deite-se de costas, pernas flexionadas, pés encostados e pousados no chão. As coxas estão juntas. A região lombar, o quanto possível,

---

3. Ao terminar os movimentos feitos no chão, vire-se sempre devagar e ainda deitada, para o lado. Apoie-se no cotovelo para erguer-se aos poucos, sem fazer nenhum movimento brusco com a região lombar na hora de sentar-se.

encostada no chão. Observe como você respira e, quando sente que vai soltar o ar, encoste bem uma coxa na outra. Relaxe na hora da inspiração. Faça isso duas ou três vezes.

Pois é, esse é um movimento da boca. Que será ainda mais eficaz se, antes de começar, você já tiver alongado os músculos da face interna das coxas. Contrair esses músculos conscientemente é a melhor maneira de conseguir que eles se alonguem e relaxem.

Relaxe agora a face interna das coxas. Abra e feche a boca como um peixinho de aquário, devagar, com calma. Faça isso durante um ou dois minutos, tentando deixar a língua muito grande, pousada dentro da boca, no assoalho da boca. Passiva. Os músculos dos lábios também devem ficar passivos. Só estão trabalhando os masseteres, os músculos do maxilar.

Observe, sem procurar alterá-lo, o ritmo de sua respiração. Agora, deixe a boca fechada, os maxilares encostados, mas não cerrados. Tente contrair a língua dentro da boca. Bem forte, ela possui só para ela dezessete músculos.

Coloque com suavidade a palma de sua mão direita sobre a boca, sem tapar as narinas. Entreabra os maxilares e, com a ponta da língua, tateie a palma da mão. Deixe a língua voltar ao seu lugar na boca e recomece. Agora, no momento de soltar o ar, procure apoiar a ponta da língua na palma da mão. Relaxe a pressão ao inspirar. Faça isso por um minuto.

Enrijeça a língua e procure empurrar a palma da mão – sempre na hora de soltar o ar – cada vez com mais força. A língua deve estar pontuda, rígida, em forma de cone. Tente perceber como ela, sozinha, tem força para afastar a palma de sua mão.

Procure não contrair nem afundar a nuca. Não contraia os lábios nem feche os maxilares após cada pressão. Faça com que este trabalho seja um puro movimento da língua, executado de modo preciso na hora da expulsão do ar.

3. O umbigo do céu da boca

Como é o interior de sua boca? Quase ninguém sabe, embora o conhecimento tátil e sensorial da própria boca possa ajudar você a ocupar seu espaço interior, a livrar-se das tensões nos maxilares e a facilitar o vaivém do ar aos pulmões.

Sente-se ou deite-se de costas no chão, como já foi explicado no movimento nº 2. Sempre com a nuca bem alongada. Com a ponta da língua bem à vontade, encoste-a no céu da boca. Percorra em todos os sentidos a parte rígida da abóbada palatina. Vá com calma, não deixe um milímetro sem ser examinado.

Agora, leve a língua para a direita, sobre a gengiva dos molares superiores e volte lentamente para o meio, para a gengiva dos incisivos centrais. Só se atenha ao maxilar superior. Faça esse percurso interno várias vezes, parando um instante sobre a raiz de cada dente. Tente, depois, ir além dos molares, em direção à gengiva do dente do siso superior direito, mesmo que esse dente já tenha sido extraído ou nunca tenha apontado. Faça o mesmo percurso para o lado esquerdo, lentamente.

Agora, leve a ponta da língua para cima, para o véu palatino, a parte flexível do céu da boca. Percorra essa região em todos os sentidos.

Volte para a parte rígida e para a gengiva. Tente sentir com a ponta da língua a diferença de relevo, a diferença de temperatura dentro de sua boca.

Coloque a ponta da língua sobre a gengiva dos incisivos centrais, os dois dentes da frente. E suba lentamente a arcada do céu da boca, pelo meio, até o véu. Ao toque da língua, você vai encontrar como que uma linha divisória, que separa dois céus da boca, um direito e um esquerdo. Siga delicadamente essa crista que separa seus dois palatos. Você vai encontrar com a língua uma espécie de pequeno "umbigo", situado nessa crista, quase no alto da arcada. Pare nesse miniumbigo. Apoie nele a língua no momento em que você solta o ar. Relaxe a pressão quando você inspira.

Encoste a polpa digital do polegar direito no lado direito do céu da boca. Preste atenção na respiração e, quando sentir vontade de soltar o ar, pressione o céu da boca com o polegar. Cuidado para não contrair o ombro ou o braço... Pressione, desse modo, umas dez vezes. Ou mais ainda, se você se sentir à vontade nesse movimento. É claro que suas unhas devem estar curtas; mas elas precisam mesmo estar aparadas para a chegada do bebê.

Retire o polegar. Descanse. Compare o espaço interno do céu da boca direito com o esquerdo. Compare suas sensações quanto aos seios nasais, aos maxilares, aos brônquios e aos pulmões. Compare o lado direito com o esquerdo. Depois, encoste de novo o polegar direito à direita do céu da boca, e o polegar esquerdo à esquerda do céu da boca. Faça pressão, firme mas sem violência, durante umas dez respirações serenas.

4. Como um berço

Para este movimento, você precisa de uma bola bem mole, do tamanho de um pequeno melão. Ajuda os músculos lombares a se descontraírem, a se alongarem. O sacro, você está lembrada, é um osso de forma triangular, no fim da coluna; a ponta inferior articula-se com o cóccix. Em cima, o sacro articula-se com os ossos da bacia e com a última vértebra lombar. Sua forma abaulada é convexa do lado das costas e côncava do lado da barriga. Por isso, quando você está deitada, forma uma espécie de berço onde ficam aninhados o útero e a barriga.

Vá apalpando seu sacro, tente seguir-lhe o contorno. Com os dedos, procure o cóccix bem no fim da coluna, no rego das nádegas. Ele está situado bem mais abaixo do que se costuma imaginar. Vá apalpando o contorno dos ossos da bacia, os ossos dos "quadris" como se diz usualmente. As "cristas ilíacas", como dizem os livros de anatomia. Sempre com a maior precisão e leveza da mão.

Deite-se no chão de costas, pernas flexionadas. Os pés devem ficar um junto ao outro e bem encostados no chão. Afaste ligeiramente as pernas e coloque a palma da mão direita entre as pernas, sobre o púbis e o sexo; coloque a palma da mão esquerda sobre a mão direita. Não precisa apertar. Na época em que o tamanho do útero dificultar esse movimento, não insista; o movimento pode ser feito com os braços estendidos ao longo do corpo. Preste atenção à respiração, e quando sentir vontade de soltar o ar, aperte uma coxa contra a outra. Procure observar contra suas mãos a força dos músculos (os adutores) que ficam na face interna das coxas. Repita isso durante umas três ou quatro respirações tranquilas.

Repouse os braços ao longo do corpo. Conserve encostadas as pernas e também os pés, mas sem forçar, e coloque a bola sob o sacro e o cóccix. Depois, não faça nada: isso é o mais difícil.

Deixe a região lombar apoiar-se no chão com suavidade. Todas as partes ósseas, densas e fortes da face posterior do corpo – coluna vertebral, sacro, ossos da bacia – se encostam no chão, se afundam como um berço, ficam prontas para receber sua barriga, seu útero, seus líquidos, sua placenta e seu querido bebê. Desde que você perceba os movimentos do bebê, vai sentir também suas reações no exato momento em que você conseguir alongar as costas. É provável que ele se ponha aos pinotes, feliz por ficar à vontade nesse espaço que você lhe oferece.

À medida que a parte inferior das costas se alonga, talvez você sinta a nuca se arquear e encurtar, por um jogo de compensações, como se os músculos concordassem de um lado para recusar do outro. Tente manter a nuca calma e alongada, e os ombros bem encostados no chão.

Tire a bola. Descanse de leve as mãos na barriga e saboreie o conforto e a segurança do sacro encostado no chão.

5. Quando suas costas respiram...

Para este movimento, é preciso que você tenha duas ou três bolinhas de dois centímetros de diâmetro. Podem ser de até, no máximo, três centímetros se você suportar bem. Costumo usar bolinhas de cortiça porque é um material suave e agradável ao tato.

Deite-se de costas, pernas flexionadas, pés encostados um no outro, e contraia o interior das coxas, como no movimento nº 4. Depois, descanse as mãos ao longo do corpo, e tente relaxar os músculos "adutores" do interior das coxas.

Concentre a atenção no sacro. Tente perceber sua forma e seu contorno a partir do contato com o chão. Observe com precisão o lugar onde ele começa a erguer-se (em direção à ponta inferior perto do cóccix) e já não encosta no chão.

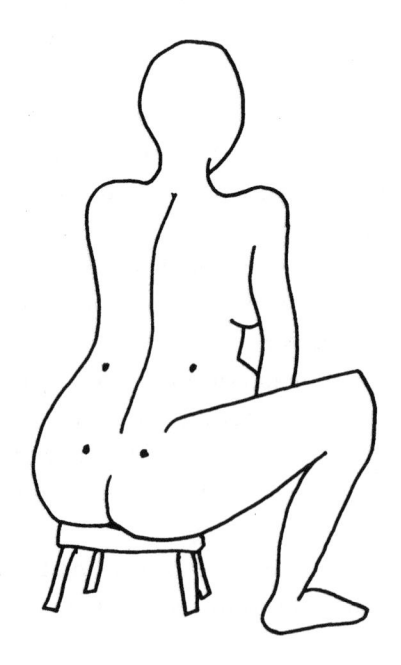

Os pontos correspondem aos lugares onde devem ser colocadas as bolinhas, à altura do sacro e da cintura.

Pegue uma das bolinhas de cortiça e coloque-a à direita do sacro. Não no osso do sacro, mas perto de sua borda, no lugar onde você sente que ele começa a se afastar do chão, isto é, perto do cóccix. Seu corpo fica pousado na bola, você sente o contato, mas que não seja muito dolorido. Se for, é preciso mudar a bola de lugar. Ponha-a mais afastada do sacro, isto é, mais para a direita, ou para baixo. É claro que o corpo ainda deve ficar em contato com ela.

Em seguida, não faça nada. Observe esse contato, as eventuais reações de suas costas, da barriga, dos ombros, da nuca. Tente soltar as tensões da região lombar; encoste a cintura no chão. Mesmo que o contato seja leve, já está bem. Não acredite que, quanto mais dói, melhor.

Assim que o lado direito entender esse contato com um corpo estranho, coloque outra bolinha à esquerda, na mesma altura, simetricamente. Assim, ficam as duas bolas de cada lado do sacro. Com calma, encoste a cintura no chão, relaxe as costas.

Abra a boca e deixe a língua alargar-se lá dentro. Fique atenta ao ritmo da respiração. Quando sentir vontade de soltar o ar, procure fazer uma leve pressão com o corpo sobre as bolinhas. Cuidado, não erga as costas para fazer isso. O movimento é interno e muito leve. Depois, quando sentir vontade de inspirar, faça também uma leve pressão sobre as bolas. Faça como se, de cada lado do sacro, você tivesse dois minúsculos pulmões anexos que também quisessem respirar. Encher, esvaziar, dentro de um ritmo sereno.

Ao fim de um minuto – ou mais, se você se sentir bem –, tire as bolinhas com um gesto simples, sem fazer nenhuma contorção. Encoste com delicadeza as mãos na barriga, e aprecie a largueza de suas costas, desde os ombros até o sacro. Descanse o tempo que puder, depois estique as pernas devagar, uma após a outra, deixando escorregar os calcanhares no chão, sem erguê--los nem mexer com as costas. Deixe os pés caírem à vontade e saboreie o apoio confortável da barriga das pernas, das coxas encostadas no chão.

6. *Quando suas costas respiram de novo...*

Quando você tiver dominado bem esses movimentos, poderá num outro dia passar para o seguinte. Tente descobrir na linha da cintura o espaço entre o osso da bacia (crista ilíaca) e as costelas. Atrás, ficam as vértebras lombares, mas dos lados você não sente nenhum osso nesse espaço.

Deite-se de costas, deixe os pés encostados um no outro e bem apoiados no chão, coxas juntas. Depois, coloque a bolinha à direita da cintura, bem para o lado de fora, isto é, bem à direita para que o contato fique mais perceptível e sem doer. Abra a boca, preste atenção na respiração. Quando se sentir à vontade, coloque a outra bolinha à esquerda, simetricamente. Respire com calma em direção às bolinhas, como se os pulmões se alongassem até a cintura, fazendo uma ligeira massagem no útero quando o ar passar.

Ao retirar as bolinhas, fique descansando um pouco, com as pernas ainda flexionadas, e observe com cuidado como se encostam no chão a cintura, as costas, os ombros, e como você percebe sua respiração.

7. *Como um pequeno pulmão entre seus ouvidos...*

Pegue a bola macia, do tamanho de um melãozinho. Deite-se de costas, os pés encostados e bem apoiados no chão, os calcanhares na mesma linha dos joelhos para que a cintura encoste bem no chão. Coloque as mãos entre as pernas e aperte uma coxa na outra, por duas ou três vezes, no momento em que solta o ar; relaxe essa pressão na hora de inspirar. Não precipite o ritmo da respiração.

Descanse os braços ao longo do corpo. Concentre a atenção na nuca e nos ombros. Abra a boca e relaxe a língua. Procure fazer pequenos "sim" com a cabeça, sem erguê-la do chão. Repita umas dez vezes. Tente fazer pequenos "não" com a cabeça. Procure localizar com cuidado onde a sua cabeça se apoia no chão. Abra bem os olhos e olhe para o teto na direção de seu rosto. Escolha um ponto do teto. Coloque a bola grande e macia sob a cabeça, como se fosse um travesseiro. Cuidado, não embaixo da nuca, mas para o alto da cabeça, entre as orelhas. Espere que a cabeça, a nuca e o pescoço se habituem e consigam largar seu peso em cima da bola.

Deixe a língua alargar-se na boca entreaberta. Agora, procure de novo o seu ponto de referência no teto. Para isso, não empurre a cabeça para trás, mas abra bem os olhos. Respire devagar, sem fechar a boca. A cabeça continua bem encostada na bola, e o pescoço, descansado. Não é ele que deve se esforçar para ver o teto, são os olhos.

Agora, quando você sentir vontade de soltar o ar, tente fazer uma leve pressão na bola. Relaxe a pressão quando inspirar. Se conseguir, tente não tirar os olhos do ponto de referência no teto. De acordo com a respiração, o rosto se afasta ou se aproxima ligeiramente dele. Tente não erguer a cintura nem mexer com a nuca, mas só com a parte dianteira do pescoço quando você aperta a bola com a cabeça. O sacro e as costas são como uma base firme, pregada no chão, na qual descansam o peito e a barriga. A bola grande embaixo da cabeça é uma espécie de pulmão anexo que se enche e se esvazia levemente ao ritmo de sua respiração. Não é preciso fazer barulho com a boca, apenas aberta e relaxada, nem barulho com a garganta, que se oferece à passagem do ar.

Retire a bola, encoste a cabeça no chão. Descanse as pernas ainda flexionadas. Sinta como a cabeça e os ombros se apoiam no chão. Estique devagar as pernas, deixando os calcanhares escorregarem um depois do outro.

8. Quando os olhos viajam...

Nas primeiras vezes, faça este movimento deitada no chão. É possível, através deste trabalho, tornar os movimentos dos olhos mais livres, desfazer a rigidez e as inibições que você nem percebia e que fazem parte da sua história quase desde o seu primeiro dia de vida.

Deitada, com os pés encostados um no outro e bem apoiados no chão, coxas juntas. Coloque as duas bolinhas no chão, de cada lado do seu rosto, à altura dos olhos bem abertos, a uma distância que corresponda ao comprimento de seus braços. Descanse os braços ao longo do corpo. Abra a boca, deixe a língua bem alargada, como uma folha de nenúfar. Bata os cílios umas dez vezes. Procure alongar a nuca.

Agora, sem mexer a cabeça, dirija o olhar para a bolinha que está à sua direita, e volte para o centro. Refaça o movimento várias vezes. Apenas com os olhos. Talvez você sinta o maxilar, ou a língua, querer também ir para a direita. Procure acalmá-los e mexa só os olhos.

Depois, tente voltar o olhar para a bolinha à esquerda. Várias vezes. Talvez você sinta uma grande diferença de movimentos entre um lado e o outro.

Agora, faça os olhos irem de uma bolinha para a outra, sem parar em nenhum dos lados nem no meio. Se a nuca quiser se contrair, procure desfazer a crispação. Os maxilares continuam soltos, a língua bem larga e à vontade, a respiração livre. Se não for desagradável, continue o movimento durante dois ou três minutos.

Depois, bata os cílios bem depressa. Descanse as pernas flexionadas e, devagar, estenda as pernas.

Se, nos dias seguintes, você fizer este movimento sentada, que seja por menos tempo. Sente-se numa cadeira na qual os pés toquem bem o chão, paralelos e ligeiramente afastados. As coxas ligeiramente afastadas e bem na direção dos quadris. Escolha pontos de referência de cada lado do rosto, à altura dos olhos, e sobretudo não vire a cabeça para eles. Apenas os olhos.

9. Quando você rola a cabeça como um recém-nascido...

Virar a cabeça para um lado e para o outro é um dos primeiros movimentos dos recém-nascidos; eles procuram com o nariz, pelo olfato, o seio nutriz da mãe.

Esse movimento arcaico, que também você já fez se lhe deram tempo para tanto, eu o recomendo agora para melhorar a flexibilidade de sua nuca. Deite-se de costas, pernas flexionadas, pés e pernas encostados. Faça com a cabeça alguns "sim" tentando olhar para o peito e para a barriga.

Agora, toque com os dedos a orelha direita, siga delicadamente o contorno do pavilhão auditivo (antes você deve ter tirado os brincos, é claro) e aperte de leve, entre os dedos, o lóbulo da orelha. Depois, descanse os braços ao longo do corpo, as mãos soltas e estendidas com as palmas para cima; procurando manter a cabeça no centro, role-a para a direita – sem erguê-la – como para pousar a orelha no chão; volte o rosto para a frente e recomece. Preste atenção no ritmo da respiração; agora, com os maxilares relaxados ao máximo, procure rolar a cabeça para a direita e pousar a orelha, no momento em que sentir vontade de soltar o ar. Volte para o centro na hora de inspirar. Sem precipitar a respiração; esse movimento não deve ser rápido. Continue assim durante dois ou três minutos, se puder.

Depois, volte ao centro, estenda lentamente as pernas, deixando os calcanhares escorregarem no chão. Com vagar, perceba as sensações de seu rosto, do lado direito, do lado esquerdo, bem como a respiração, as costas, as pernas. A perna direita talvez esteja agora mais comprida que a outra, provisoriamente. Role a cabeça para a direita e para a esquerda; tente sentir qual dos dois lados parece mais leve, mais alerta e mais flexível...

Depois, flexione de novo as pernas e repita tudo com o lado esquerdo.

10. Quando a coluna vertebral canta...

Aqui, tudo começa na nuca. As vibrações de suas cordas vocais podem fazer a coluna vertebral cantar e, desse modo, se propagam até a bacia, na qual, desde o sexto mês, o bebê escuta com os ouvidos e, com toda a pele, provavelmente bem antes. A voz materna, livre e cheia de harmonia, o enche de bem-estar.

Alongar a nuca não é nada fácil, porque ela é revestida de músculos curtos, apertados, fibrosos, que estão sempre se contraindo. São encurtados por natureza e pelos acontecimentos da vida. À mínima emoção, a nuca se retrai e se esconde entre os ombros.

Sente-se num banquinho, os pés paralelos, um pouco afastados e bem apoiados no chão. Toque com o dedo sua fontanela posterior. É uma ligeira depressão no alto da caixa craniana, no lugar onde os ossos se juntam. É uma lembrança de seu nascimento: se você nasceu naturalmente, foi a fontanela que viu a luz em primeiro lugar. Não confunda com a fontanela anterior, que fica em cima da cabeça.

Acaricie a nuca de leve, com a mão descendo, isto é, da cabeça para os ombros. Com a mão esquerda, acaricie o ombro direito, acompanhe seu arredondado com a palma da mão. Com a mão direita, acaricie o ombro esquerdo. Sem roupa para atrapalhar, é melhor. Depois, estenda sobre as pernas suas mãos soltas, com as palmas voltadas para cima.

Agora, concentre a atenção na fontanela posterior; feche os olhos; imagine que ela tem um olho, incline um pouco a cabeça para que ela possa "ver" o que se passa diante de você. Tente abaixar só a nuca, não as costas. Erga a cabeça e repita várias vezes.

Sempre de olhos fechados, tente manter a fontanela para cima e avance um pouco os lábios como se fosse dar um beijo. Várias vezes. Procure sentir o volume, a parte carnuda e a suavidade de seus lábios. Depois, devagar, deixe passar um som por entre os lábios estendidos: "Mmma, mmma, mmma...". Procure perceber a ressonância desse som no seu corpo, nos lábios, no nariz, na nuca, no peito.

Continue assim por um ou dois minutos, se não lhe custar esforço, tentando perceber as vibrações de sua voz cada vez mais para baixo, dos lábios ao períneo, mudando às vezes de tom, mas com um som sempre sutil. Que seja apenas uma vibração interna, íntima. Depois, descanse um momento deitada de costas.

11. De perto e de longe ou quando os olhos viajam de novo...

Deite-se de costas, pernas flexionadas, pés encostados e bem apoiados no chão. Afaste um pouco as coxas e coloque a mão direita entre as pernas, sobre o púbis e o sexo; coloque a mão esquerda sobre a direita. Abra a boca; cada vez que soltar o ar, aperte uma coxa na outra com os músculos "adutores", que ficam na face interna das coxas; basta fazer isso quatro ou cinco vezes. Se o tamanho da barriga dificultar essa colocação da mão entre as pernas, não insista, deixe os braços soltos ao longo do corpo e procure apertar as coxas uma na outra, relaxando a pressão quando você inspira.

Depois, deixe as pernas apenas juntas, sem apertar. Os braços estendidos ao longo do corpo, de preferência com as palmas voltadas para o alto. Procure encostar bem no chão. Se as costas resistirem, retome o movimento nº 4, no qual se coloca uma bola mole sob o sacro durante alguns minutos. Depois, retire a bola e deixe as costas bem pousadas no chão. Nunca faça o movimento seguinte sem antes retirar a bola.

Deixe a boca entreaberta, a língua bem alargada dentro da boca e os lábios sem se mexer. Depois, com os olhos bem abertos, comece a olhar no teto um ponto real ou inventado. Fixe-o durante alguns segundos, respirando naturalmente, sem bloquear o ar. Depois, traga bruscamente o olhar para a barriga, sem erguer a cabeça. Em seguida, erga os olhos para o teto, sempre em busca do mesmo ponto, e olhe de novo para o umbigo. Continue esse vaivém várias vezes. Se sentir que dá para continuar, repita o movimento por dois ou três minutos. Procure fazer com que a boca continue passiva e a respiração livre.

Em seguida, feche os olhos e, sob as pálpebras abaixadas, movimente os olhos rapidamente em todos os sentidos, como você faz quando está dormindo e sonha. Durante um minuto, se possível. Depois, estenda devagar as pernas e descanse.

12. Quando a face interna das coxas respira...

Deite-se de costas, pernas flexionadas, pés bem apoiados; pegue a bola grande e macia, coloque-a sob o sacro, como no movimento nº 4. Espere que a região lombar, as costas e a nuca se acalmem e fiquem bem encostadas no chão; depois, retire a bola e descanse.

Em seguida, sem erguê-las do chão, estique as pernas com cuidado, escorregue os calcanhares para não abaular as costas. Se mesmo assim as costas se arquearem, não se preocupe. Fique com as pernas estendidas e faça alguns "sim" com a cabeça, tentando olhar para o peito e a barriga. Enfie os dedos indicador e médio da mão direita na boca e pressione a base do maxilar inferior, sem contrair o ombro nem o braço. Faça isso com delicadeza, coloque os dedos no osso da mandíbula, na altura da raiz dos dentes, e não em cima dos dentes. Mantenha assim o maxilar aberto, ligeiramente puxado para o pescoço. Sem forçar a abertura, é claro. Alargue a língua. Continue a inspirar pelo nariz, mas solte o ar devagar pela boca; procure perceber a temperatura de seu sopro que passa sobre a língua a cada respiração. Continue assim por um ou dois minutos, depois estenda o braço ao longo do corpo. Preste atenção em sua boca, tente perceber se os maxilares estão mais soltos, menos cerrados, e a respiração mais serena.

Depois desse movimento, que é bem curto, flexione as pernas, vire-se de lado para descansar um pouco. Deite-se de novo de costas, pernas estendidas. Outra vez, procure olhar o peito e a barriga, sem erguer a cabeça. Várias vezes.

Depois, concentre sua atenção nas pernas que estão estendidas, que não devem erguer-se, e bem devagar tente aproximar os tornozelos.

Não é tão fácil assim... Convém logo esclarecer que, para executar bem esse movimento, todos os músculos posteriores do corpo precisariam estar flexíveis e soltos, da nuca aos calcanhares. Por isso, se você não conseguir encostar de todo os tornozelos e as bordas internas dos pés, não desanime. O pouco que você fizer já ajuda a alongar a musculatura.

Por enquanto, talvez você esteja sentindo que precisa fazer muita força entre as coxas, perto do sexo; o que pode lhe parecer quase impossível. Talvez você tenha a impressão de que os joelhos são "muito grandes", mas não se trata disso: são os músculos das pernas que estão encurtados e repuxam as articulações dos joelhos. De modo algum lhe parece que você esteja alongando algo em sua musculatura. Saiba, pois, que seus músculos "adutores", entre as coxas, estão contraídos na maioria das pessoas, homens e mulheres, por razões anatômicas e fisiológicas específicas, bem como por razões ligadas à história pessoal. Ao tentar aproximar os tornozelos sem erguer os joelhos, sem deixá-los "envesgar" para dentro, sem torcer os pés, sem dobrar a nuca para trás, sem erguer as costas nem compensar de qualquer outra maneira, você está pedindo a seus músculos "adutores" que façam aquilo para que foram feitos: aproximar as coxas; mas eles estão tão acostumados a permanecer contraídos que se tornam impotentes. As fibras contraídas não têm mais capacidade para desempenhar sua função natural. Entretanto, na hora do nascimento do bebê, você vai precisar da absoluta flexibilidade desses músculos.

Sentar-se em posição de Buda, afastar as coxas à força, a fim de alongar os músculos adutores, como já vi fazerem com gestantes, é um logro e pode ser perigoso para a região lombar. As leis da fisiologia muscular não aceitam isso, e forçar os músculos só pode provocar um reflexo inconsciente que leva a contrair a região lombar, o que não é desejado.

O melhor modo de alongar a face interna das coxas e a parte inferior das costas é tentar aproximar seus tornozelos com suavidade e firmeza durante alguns segundos, esforço esse que deve ser feito no momento de soltar o ar, de boca aberta e língua alargada...

Refaça esse movimento diariamente por alguns segundos, depois de bem deitada no chão, como está explicado nos movimentos anteriores. Você se surpreenderá com a rapidez e a qualidade dos resultados obtidos.

13. Quando a planta dos pés respira...

Este movimento é um entre muitos que você pode fazer para aliviar os pés, descansá-los e alongar a musculatura. Prepare as bolinhas de cortiça; sente-se numa cadeira, pés descalços um pouco afastados e bem paralelos; alongue a nuca e leve bem ao alto sua fontanela posterior. Deixe as mãos pousadas nas coxas, com as palmas viradas para cima. Concentre a atenção no pé direito; apoiando bem todos os dedos no chão, procure afastar o dedinho mínimo para fora. Não precisa olhar para ele, tente percebê-lo por um meio diferente do olhar. Repita várias vezes, mantendo o pé no seu eixo, isto é, sem desviar para o lado. Coloque uma das bolinhas sob o pé, no meio, no lugar onde ficaria a cintura, se o pé tivesse cintura. Abra a boca e apoie de leve o pé na bolinha no momento em que você vai soltar o ar; relaxe a pressão ao inspirar. Procure manter os dedos estendidos mas sem contraí-los. Faça isso umas doze vezes, respirando com bastante calma; imagine que você respira pela planta do pé tanto quanto pelos pulmões...

Depois, fique de pé; feche os olhos; compare os apoios do pé direito com os do esquerdo; procure perceber em qual dos pés você se sente mais segura.

Sente-se e faça a mesma coisa com o pé esquerdo...

14. Dos pés à cabeça ou quando as costas se alongam pelos tornozelos...

Deite-se de costas, pernas estendidas. Encoste ao máximo no chão a nuca, as costas e os joelhos. Não aperte os maxilares. Tente aproximar devagar os tornozelos; você já conhece esse movimento. Depois, flexione a perna esquerda, para que o pé esquerdo encoste no chão, bem ao lado do joelho direito; concentre toda a atenção na perna direita que continua estendida. Erga o pé direito para que todos os dedos do pé olhem para o teto, mas deixe a perna bem pousada e no eixo; procure empurrar o calcanhar para longe de você, sem erguer o joelho, a cintura ou a nuca. Esse pequeno movimento, que vem do tornozelo e repuxa a face posterior da perna e da coxa, pode ser difícil. Porque, se a face posterior da coxa está se alongando, você sente a contração na face anterior da coxa. É normal: quando um grupo de músculos se alonga, os antagonistas se contraem. Você precisa mesmo é alongar a face posterior da coxa e, para isso, necessita da força dos músculos anteriores da coxa, os "quadríceps", porque eles fraquejam. Ademais, você não consegue ver seu pé se mexendo, o que é excelente para desenvolver percepções outras que a visão. Evite retorcer os dedos do pé, procure deixá-los alongados.

Agora, aponte de novo os dedos do pé para o teto e, sem erguer o joelho nem torcer a perna, tente abaixar o pé direito para o chão; imagine que você vai pousar o dedão em primeiro lugar; não se pode encostar os dedos no chão se as pernas ficam estendidas, mas continue nessa direção, tentando deixar estendidos todos os dedos do pé. Em seguida, suba o pé em ângulo reto e recomece. Repita isso umas dez vezes.

Depois descanse, estenda devagar a perna esquerda e compare...

Agora, com as duas pernas estendidas, tente encostar os tornozelos. Não se espante se houver uma diferença entre os tornozelos, porque a perna direita aumentou e os tornozelos não se encontram... Não se preocupe, a perna esquerda vai logo imitar a direita.

Deixe os tornozelos juntos, ou o mais próximo possível um do outro, mantenha as pernas estendidas, e erga os dois pés encostados, com os dedos apontados para o teto. Empurre os calcanhares para longe de você, sempre sem erguer os joelhos, nem a cintura, nem os ombros, nem a nuca. Imagine que você vai esticar os músculos da cabeça aos calcanhares, da fontanela posterior aos calcanhares. Depois – sempre com os tornozelos juntos – abaixe lentamente os dois pés, com os dedos alongados o máximo possível. Recomece lentamente esses dois movimentos: uma vez empurre os calcanhares, outra vez estenda os dedos, sempre mantendo os tornozelos encostados.

Abra a boca e tente dar a esses movimentos um ritmo que se harmonize bem com sua respiração. Tente descobrir se, ao empurrar os calcanhares, você prefere soltar o ar ou inspirar. Faça várias tentativas diferentes.

Tente perceber as regiões do corpo que se mexem e se alongam de acordo com o movimento dos tornozelos; tente perceber a continuidade de sua musculatura. Pode sentir esse movimento na parte posterior dos joelhos? Das coxas? Da cintura? Entre as omoplatas?...

Continue durante um ou dois minutos se puder, depois deixe cair os pés à vontade e descanse. Observe o ritmo da respiração, os pontos de apoio do corpo no chão.

Para sentar-se, não se esqueça de virar bem devagar para o lado, com ternura e respeito por você mesma. Depois, dê alguns passos pela sala e perceba como se apoiam seus pés, e como as coxas, os quadris, as costas e a nuca se colocam e se movimentam ao andar.

O pai também pode, com todo o corpo, viver a seu modo a gestação do bebê. O menino que ele foi, como a menina que você foi, sofreu por não poder abrir livremente os olhos, a boca e os ouvidos para o seu ambiente. Juntos, vocês podem preparar-se para ver com mais liberdade, para escutar, tocar... Para conceber.

Costas de mulher contra costas de homem. Tudo contra...

Este movimento se faz a dois: seu companheiro e você. Ou, se preferirem, a três: você, o bebê e o pai do bebê. É um movimento de contato dos corpos reunidos, que funde suas sensibilidades, forças e calor.

Para que a respiração do pai se torne mais viva e mais solta, também ele pode fazer os movimentos com a boca e com os olhos, explicados anteriormente.

Sente-se no chão, com os joelhos flexionados, as coxas um pouco afastadas e os pés bem pousados no solo.

Seu companheiro também se senta com os joelhos flexionados, pés apoiados no chão, de costas para você. Ele aproxima as costas das suas e, bem devagar, vai se encostando. O máximo possível. Um momento delicado em que, curiosamente, um pode achar que o outro vai pesar nele, invadir seu território. Momento precioso quando, afinal, ambos começam a perceber que as costas se entendem e se ajudam. Deixem que o contato seja completo: cintura, região lombar, entre os ombros e, se possível, os ombros, a cabeça, o sacro.

Coloque de leve as mãos embaixo da barriga, perto do púbis, como se fosse segurar o bebê nas mãos.

Seu companheiro também coloca a palma das mãos embaixo da barriga dele. Abram a boca. Fiquem atentos ao ritmo da própria respiração e ao ritmo da respiração do outro. Vocês constatarão que suas costas respiram e se transmitem mutuamente uma rara sensação de segurança calorosa, e de vida.

Costas de mulher contra peito de homem. Tudo contra...

Seu companheiro senta-se com joelhos flexionados e afastados. Sente-se nesse espaço, com as costas perto do peito dele. Procure, com as costas, os ombros e o sacro, entrar no máximo contato possível com o peito e a barriga dele. Abram ambos a boca e, costas contra o peito, procurem com calma acertar o ritmo de suas respirações. Você pode oscilar ligeiramente da frente para trás. Um ligeiro, ligeiríssimo balanço. Quase imperceptível.

Depois, coloque as palmas das mãos embaixo da barriga, como para segurar o bebê. Bem de leve, sem fazer peso com as mãos. Seu companheiro estende os braços e também coloca as mãos sobre as suas.

Sem forçar, procure diminuir o arqueamento da cintura para que sua região lombar fique bem em contato com a barriga dele.

Esse movimento é benéfico porque ajuda você a alongar os músculos das costas. Também é maravilhoso para que entre vocês três circule o calor, a ternura e o sopro da vida.

Referências Bibliográficas

Bensabat, Soly. *Le stress, c'est la vie.* Paris: Fixot, 1989.

Chapsal, Madeleine. *Ce que m'a appris Françoise Dolto.* Paris: Fayard, 1994.

Coletivo. *Paroles de sages-femmes. Les dossiers de la naissance.* Paris: Stock-Laurence Pernoud, 1992.

Dolto, Françoise. *Tout est langage.* Paris: Gallimard, 1995.

Israël, Lucien. *Cerveau droit, Cerveau gauche.* Paris: Plon, 1995.

Morin, Françoise-Edmonde. *Petit Manuel de guérilla à l'usage des femmes enceintes.* Paris: Seuil, 1985.

Reich, Wilhelm. *A análise do caráter.* São Paulo: Martins Fontes, 1989.

_____. *A função do orgasmo.* São Paulo: Brasiliense, 1995.

Tomatis, Alfred. *Neuf mois au Paradis. Histoires de la vie prénatale.* Paris: Ergo Press, 1989.

Site oficial da antiginástica:
www.antigymnastique.com

2ª edição 2013 | **1ª reimpressão** novembro de 2022 | **Diagramação** Studio 3
Fonte ITC Garamond | **Papel** Offset 75 g/m^2
Impressão e acabamento Imprensa da Fé